智慧让我更出众

彭桂兰 主编

化学工业出版社
·北京·

成长我最棒 CHENG ZHANG WO ZUI BANG

前言
PREFACE

再小的花朵,也有与众不同的芬芳;
再弱的火光,也能带来光明和希望;
再平凡的人儿,身上也藏着无数宝藏,
再短小的故事,也可以开启你的心房!

我们是春天的水稻,
等待着丰收和成长;
我们是破浪的轻舟,
向未来的海洋启航!

有雨露,有阳光,
水稻才拥有金灿灿的希望。
有水手,有航灯,
轻舟才能拥抱蓝莹莹的海洋。

我们渴望雨露和阳光,
我们追寻水手与方向。

智慧让我更出众

我们期盼一双双有力的大手,
拉我们跨过高山,越过海洋。

其实,
雨露就在足下,阳光就在顶上,
水手就在身旁,航灯就在前方。

这里的每一个小故事,
就是雨露,就是阳光,
让成长的大地鲜花怒放。

这里的每一个大智慧,
就是水手,就是航灯,
让冰封的海洋解冻欢唱。

阅读它们,就是阅读诗意,阅读博大和渺小。
走近它们,就是走近成长,走近光荣和梦想!

目录 CONTENTS

成长小故事

小鹿与150条鳄鱼	8
三个画师	11
聂耳的曲子	14
小英雄于连	17
李广逃生	20
叶挺脱险	23
曹植七步成诗	26
苏东坡妙语解围	29
蔡廷锴黄豆克敌	32
楚庄王和醉臣	35
三两西红柿的故事	38
小雨智斗骗子	41
"荷仙姑"现形记	44
卖鸭子	47
长生不老	50
吴刚智救玉兔	54
谎言也美丽	57
智识毒贩	60
孙中山威震假郎中	63
小姑娘智斗"白面狼"	66
毛驴斗笨狼	69
拜见国王	72
别具匠心	75
小狐狸和大灰狼	78
西西逃生记	81
喝不完的水	84
中毒的小白兔	87
绝处逢生	90

智慧让我更出众
ZHI HUI RANG WO GENG CHU ZHONG

93	请打我几枪	144	东方朔智答汉武帝
96	逃出城门	147	警笛寻人
98	老龙王吃了个哑巴亏	150	谁的袋子
101	智贴标语	153	寻找智慧
104	逃出魔掌	156	一副对联治地主
107	西蒙·福格求职	159	庆祝放屁
110	解铃还须系铃人	162	华佗的"灵丹妙药"
114	咏絮才女	165	倒霉的大水蛇
117	王戎识李	168	谁能把鸡蛋竖起来
120	匡衡凿壁借光	171	牡丹花瓣
123	北风和太阳		
126	牧师和花园		
129	三枚邮票		
132	周恩来总理智对记者		
135	张胜一笔救人		
138	机灵鬼灌水取球		
141	吃"墨水瓶"的人		

智慧小花园

小鹿与150条鳄鱼

每个人心中都应有两盏灯，
一盏是希望之灯，一盏是勇气之灯。
有了这两盏灯，就不再会惧怕黑暗。

一只小鹿正要过河，一群鳄鱼向他游来。

"喂，小鹿，我要咬死你，用你的肉款待我的朋友们。"为首的大鳄鱼咬牙切齿地说。

小鹿心中暗想：看来只有死路一条了。但是，小鹿没有逃跑，也没有失去信心，而是决定为自己争取一条生路。

他笑着对大鳄鱼说："你们这么多鳄鱼分吃一头小鹿，还不够塞牙缝呢。但是如果你们把我的肉当药吃，那就另当别论了。"

"什么，你的肉可以当药吃？"鳄鱼疑惑地问。

"是呀，吃了可以长生不老呢。只是你们数目不能太少。"小鹿说。

"我们足足有八十条！"大鳄鱼说。

"才八十条？太少了！你们这样吃掉我会中毒的。"小鹿大声说。

"你在胡说八道！"大鳄鱼喊道，"我要把你撕成碎片。"

"撕吧，立刻把我吃掉吧！"小鹿走到鳄鱼身旁说，"只要你们不怕死。要知道，是药三分毒呀。我的肉好似安眠药，吃上一片进入梦乡，吃上一瓶就要见阎王啦。"

大鳄鱼相信了小鹿的话，立刻派几条鳄鱼又去找来七十条鳄鱼。

"小鹿，你还有什么话说吗？"大鳄鱼说。

"为了保险起见，还是让我再数一遍吧。请你们排好队，一个挨一个排成一行。从山坡向河对岸排好。这样我才能看得清楚，才不会出差错。"小鹿认真地说。

鳄鱼规规矩矩地排成一行，头、背、尾巴全都露在水面上。大鳄鱼说："你快查数吧，当心，别搞错！"

小鹿说："请允许我踩一踩你这些朋友的脊背，希望他们不要以为我失礼才好。"

"没关系，这也是为了大家好嘛！"大鳄鱼说。

小鹿一面在鳄鱼脊背上跳，一面数着："一、二、三……一百……一百四十九！"当他喊出最后一个数字时，奋力一跃，跳上河岸，瞬间跑得无影无踪了。

假设，小鹿一看到鳄鱼马上就逃跑，会发生什么呢？不难想象，鳄鱼们会一拥而上，将小鹿瞬间撕成碎片。看来，遇到危险时，一味的逃避是愚蠢的。

沙漠中的鸵鸟为了躲避敌人，经常把头藏进沙土里，可敌人还是会将它揪出来吃掉；而《鱼跃龙门》文中的小鲤鱼，不惧怕那湍急的河水，一次又一次地跳起，一次又一次地挑战，最终越过龙门，化身成龙。

由此可见，面对危险和困难时，逃避解决不了任何问题，它有可能让你陷入更糟糕的境地。相反，只要我们认定"一切困难都是纸老虎"，相信"办法总比问题多"，积极勇敢地去直面困难，沉着冷静地去应对、去解决，那就一定会有胜利的希望。

三个画师

善待他人的缺点，
给别人留有余地，
也是为自己留条退路。

从前，有一个国王，他只有一只好眼睛、一条好腿，而另一只眼睛是瞎眼，另一条腿是瘸腿。

一天，国王兴致勃勃地召来三个画师，命令画师给他画像。国王承诺：画得好有赏，画得不好就要砍脑袋。

第一个画师惟妙惟肖地画出了国王的面貌：国王长着一只瞎眼睛、一条瘸腿。

国王一看，气得直叫，说画师有意出他的丑，于是下令把第一个画师杀了。

第二个画师吓得直抖，于是他扭曲事实，故意把国王画得很英俊：国王英姿勃发、相貌俊美、双目炯炯有神，简直就是一个不折不扣的美男子。

但是，国王看后还是勃然大怒，说画师是在有意讽刺他。结果，第二个画家也被卫兵拖出宫门，一刀杀掉了。

第三个画家见前面两个画家都被杀了，急得直冒冷汗。但他不愧是聪明人，急中生智画了一幅画。最后，国王捧着第三个画师的画像，看了又看，不住地微笑点头，显然十分满意。

原来，这个画师画了一幅国王打猎图：山坡上，国王把猎枪架在一块大石头上，一只好眼睁着，一只瞎眼闭着瞄枪，一条瘸腿跪在地上，一条好腿弓在前面。这样，国王的形象堪称完美。

第三个画师的画像，如实地描绘了国王的面貌，却没暴露国王的弱点，所以国王很高兴，不但赏给了他一大笔钱财，而且赐给他了尊贵的封号。

智慧小清泉

三个画师为国王画像。第一个画师因为太过求真,真实地暴露了国王的缺陷而丢了性命;第二个画师又将国王的形象过于美化,使人怀疑他的动机,最终也丢了性命。第三个画师在画中巧妙地掩饰了国王的缺陷,结果不但令国王满意,还得到了封赐。

仔细想一下第三个画师的智慧,他完全切换了一个角度,从一个全新的角度来看待问题:国王的眼睛有毛病,他在画像中安排国王闭一只眼睛"瞄枪"。国王的腿有毛病,他在画像中安排国王弓步"射击"。这样,国王最忌讳的两个缺陷,都被他巧妙地遮掩起来。他既没有夸张地美化国王,也没有如实地表现出国王的缺陷,他自然而又真实地为有缺陷的国王保全了自尊。所以,国王当然非常满意了。

聂耳的曲子

面对危险，
有时候越简单的计策反而越有效。
因为你的对手此刻正在复杂的计谋中纠结。

1933年的上海滩，笼罩在一片白色恐怖之中。

3月15日，"左联"（即中国左翼作家联盟）的领导人夏衍秘密组织了一次聚会，邀请了阮玲玉、聂耳等一群演艺界进步人士参加。白色恐怖下，大家难得一见，所以，聚会上大家谈得兴高采烈。

突然，屋里闯进了两个陌生人。只要一看来人的派头和神情，谁都猜得出他们是敌人的密探。那一刻，大家都紧张了，不知所措。

这时，聂耳灵机一动，顺手拿起身边的小提琴，拉起了曲子：3331536……

他一边动情地拉琴，一边美滋滋地唱着。立刻，其他人也如梦

初醒,绕着圈,拍着巴掌,跟着他唱了起来。两个密探听不懂曲子,也搞不懂他们跳的舞蹈,只能眼睁睁地看着他们唱歌、跳舞。最后,两人气呼呼地骂了一声"神经病",便悻悻地离开了。

密探走后,大家长长地舒了口气,询问聂耳刚刚拉的是什么曲子。

聂耳笑道:"33年3月15日36岁……这曲子是演奏给田汉听的。"

众人一听,恍然大悟,3月15日正是田汉的生日。

智慧小清泉

美国一家报纸举办了一次有奖征答活动，题目是：一个热气球上载着三个人，一位科技专家、一位环保专家和一位粮食专家。不料，途中热气球忽然漏气，必须丢下三人中的一人以减轻载重，才能平安落地。可是，三位专家各有所长，且都与人类的命运息息相关。那么，这时该牺牲哪一位呢？

针对这一问题，万千的美国人各抒己见，据理力争。最后，得奖的竟然是一个小男孩，他的答案是：把最胖的那个人丢下去。

显然，小男孩的答案最简单，且最符合情理。回到1933年的上海滩，音乐家拉着小提琴，艺术家手拉手唱着歌，聂耳的这一举动不是最自然不过的吗？所以，两个密探也无话可说，连借题发挥的话都编不出来。

生活中，人人都可能碰到危机。面临危机一定要冷静，要善于从一大堆混乱中，找出危机的核心，将危机迅速地简单化、最简单化。只有这样，才能争取到一个新转机。

小英雄于连

无畏是一种杰出的力量，
它使人们超越恐惧。有了这种力量，
即使面对最可怕的危险，
也能冷静镇定地化险为夷。

五百多年前的一天晚上，比利时的首都布鲁塞尔一片欢腾。人们聚在灯火通明的中心广场，跳啊、唱啊，一起庆祝自己的国家打败西班牙侵略者。钟声、礼炮声和人们的欢呼声交织成雄壮的乐曲，在首都的上空回荡。

就在人民欢庆胜利的时候，残余的敌军派出一个坏家伙，去炸市政府的地下室。这个地下室储存着很多火药，就是一颗微小的火星溅到里面，也会发生巨大的爆炸。到时候，市政厅和附近的房屋都将化作一片废墟，正在欢庆胜利的人们也会被炸得血肉横飞。

那个坏蛋钻进地下室，堆好炸药，用一条导火线接上，一直拉

到外面的院子里,点着火后,就慌忙溜走了。

被点燃的导火线"咝咝"作响,迅速向地下室燃烧。人们谁也没发现这危险的火花。一场巨大的灾难即将降临!

就在这万分危急的关头,有个叫于连的小男孩来到小院子里,他在墙角边发现了那闪着火花的导火线,正在一寸一寸地变短。

小于连知道地下室里有火药,他想去用水扑灭导火线,可是附近没有水,怎么办呢?去远处打水已经来不及了,跑出去喊大人来,恐怕也不行了。

紧急之中,于连有了主意。他跑到墙角边,朝导火线上撒了一泡尿。嘿,这泡及时到来的尿竟把火浇灭啦!

一场特大的灾难免去了,人们把这个撒尿的小英雄高高地举到头顶,欢呼起来。

智慧小清泉

　　小于连用自己的一泡尿浇灭了正在燃烧的导火索，使整个城市脱离了危险。要化解重大的危险，需要的不仅是机智，还有勇敢。

　　"闪着火花的导火线，正在一寸一寸地变短……"此时此刻，谁能和小于连一样，想到撒尿浇灭导火索的办法呢？即使有人想到，他会不会像小于连一样勇敢呢？

　　归根结底，是一颗勇敢的心在刹那间迸发出无穷的智慧，一举化解了危险。我们平时遇到的最危急的时刻，不外乎考试结束前半个小时，心慌意乱，不知道做什么才好。这时，一定要沉着冷静，挑选会做的题准确作答。然后，再把那些不会做的题尽自己的能力回答。

李广逃生

胜败乃兵家常事，
最难得的是不被失败吓倒，
勇敢而迅速地站起来！

汉武帝元光六年，匈奴大举入侵中原，来势凶猛。大将军李广率领汉军，兵出雁门关抗击匈奴。匈奴单于早闻李广是员猛将，所以在军队出发前下令："一定要活捉李广！"

战场中，因为匈奴兵多将广，装备精良，而汉军数量少，又准备不足，不幸遭到了惨败。李广眼看一个个情同手足的士兵倒在血泊之中，自己也身负重伤，无力反抗，心急如焚。

匈奴兵打了胜仗，洋洋得意，拖来一个绳子编织的大兜，把受伤的李广放进兜里，架在两匹马中间拖着走。

一路之上，匈奴骑兵耀武扬威，刻薄地嘲笑着李广。李广一言不发，一直紧闭着双眼装死，但是，心里只有一个念头：找准机会，迅速逃脱！

匈奴骑兵发现李广似乎已经昏死过去了，于是，他们渐渐放松了警惕。

又走了一段路，李广偷偷发现路旁一名匈奴骑兵正骑着一匹好马。他马上心生一计：何不施个夺马脱身之计！

李广看准时机，一跃而起，飞身扑到旁边那名敌兵身上。说时迟，那时快，李广顺手夺过马背上那个匈奴兵手中的弓箭。刹那间，匈奴兵尚未反应过来，就已经被李广一记重拳，击落下马。

顿时，几百名匈奴骑兵惊呆了，继

而引起一片骚动。

李广顾不得多想,立刻双腿一夹,一边驱马狂奔,一边抽箭射击,射死了几个追上来的骑兵。

等多数匈奴士兵醒过神来,李广已逃出好远,他们再也追不上了。

李广一路狂甩马鞭,骏马向南疾驰,一口气跑出好几十里,他终于安全地逃了出来。

大将军李广兵败被俘,受尽侮辱,但他却没有因此而绝望,彻底倒下,而是寻找时机,顺利逃脱了敌人的魔掌。

生活中,谁都有过失败。倒下,并不意味着低头或彻底失败;倒下,并不是最后的结局,更不是强者的结局。就像虎大王屈腿蹲地一样,并不是为了求饶,而是为了纵身一跃,更有力地进攻。

几乎每一位大将军,都曾经在沙场上打过败仗;几乎每一位数学家,都曾经做错过数学题;几乎每一个孩子,都曾经在成长的路上磕磕绊绊。人生路途,何其遥远!磕磕绊绊,只是一幕幕小插曲。记着:倒下的时候,也就是你抬头、起身的时候。所以,跌倒了一定要迅速而勇敢地站起来!

叶挺脱险

放弃不代表怯懦，
有时候放弃恰恰是新机遇的开始，
一切都要从结果来判断放弃的利弊得失。

1922年，军阀陈炯明发动叛乱，率领叛军冲进广州城，炮轰总统府。顿时，广州城内一片混乱。

"轰轰轰！"叛军发射的炮弹相继落在总统府旁。孙中山在警卫团第二营营长叶挺的保护下，安全离开总统府。

叶挺放心不下自己的部队，又重返总统府。叛军借炮火的掩护，疯狂地扑向总统府。叶挺指挥他的第二营英勇作战，一次又一次击退了叛军的进攻。

叛军杀红了眼，后续部队蜂拥而来。叶挺见寡不敌众，为保存实力，他果断地命令："突围！"

总统府外硝烟滚滚，叶挺亲自断后持枪射击敌人，掩护部队

转移。当他们快退出包围圈时，却被一道墙挡住了去路。正当大家准备绕道时，"实突突！"不远处传来轻重机枪的射击声。叛军猛烈的射击织成一道严密的火网，挡住了去路，而且身后的敌人一直穷追不舍。

在这千钧一发之际，叶挺急中生智，将随身携带的银元箱猛地往地上一摔。"啪！"的一声，白花花的银元撒了一地。叶挺顺手将银元大把大把地抓起，然后用力抛向尾随在后的叛军队伍中。

那些叛军先是一愣，等看清是白花花的银元时，立刻蜂拥而上，你争我抢。叶挺趁着那帮家伙乱成一团，率兵脱离了险境。

智慧小清泉

叶挺在千钧一发之际,放弃随身携带的财物,才顺利脱险。

雪地里的梅花,放弃了春季,却散发了一季的清香。岸边的小船,放弃了心爱的河岸,却获得了乘风破浪的自由。冬眠的青蛙,放弃了冰雪中的荣耀,却得到了新的活力。

陶渊明放弃了官场的厚禄,却获得了"采菊东篱下,悠然见南山"的悠闲自得。李白放弃了尘世的羁绊,却获得了"长风破浪会有时,直挂云帆济沧海"的信心与豪迈。屈原纵身江水,却获得了"制芰荷以为衣兮,集芙蓉以为裳"的高洁灵魂。

昙花放弃了白天,才有了黑夜中的惊人容颜;黄叶放弃了树干,才有了春日里的满眼翠绿;大海放弃了私念,才有了海纳百川的胸怀;人们放弃了喧嚣,才有了心灵的一片宁静港湾。放弃也是一种超然的智慧!

曹植七步成诗

一份真挚的情感，
用情之深，总能打动一颗冰冷的心。

曹植从小聪慧，勤勉好学，十岁已熟读诗词辞赋几十万字。十九岁时，他写的《铜雀台赋》，让众人惊叹不已。

曹操生前不但十分赏识曹植的才华，而且夸他"可定大事"，想立他为王位继承人。哥哥曹丕见弟弟那么得宠，自然十分担忧，对他简直是又嫉又恨。

后来，由于曹植任性，又嗜酒成性，渐渐失宠于曹操。相反，曹丕非常有心机，很会施恩于下人。于是，宫中的人便乘机在曹操面前替曹丕说好话。最终，曹操改变了自己的初衷，立曹丕为继承人。

曹操死后，曹丕废掉汉献帝，建立了魏国。尽管他已经登上了皇帝的宝座，却依旧对弟弟曹植嫉恨在心，常常想借机加害于他。

有一天，曹丕想到了一个非常歹毒的计谋，命人叫来曹植，对他说："人人都夸你才华盖世，今天，就请你在七步之内作一首诗吧。诗写好了作罢，写不好你就等着去领死吧！"

曹植望着兄长，只有领命。他痛心地迈步吟诗，走一步，念一句，随口吟出了一首诗："煮豆持作羹，漉菽以为汁。萁向釜下燃，豆在釜中泣。本是同根生，相煎何太急？"

当场，曹丕听得潸然泪下。他反思自己的行为，感到自己对兄弟太狠心了，十分惭愧，便免去了曹植的死罪。

智慧小清泉

　　《七步诗》临危而作，因为情真词切，救了曹植一命，也为曹植留下了千古才名。诗中，曹植形象地以"豆"和"萁"，比喻自己和兄长；以"煮豆燃豆萁"，比喻他们手足相残。全诗深入浅出，情感真挚。

　　弟弟的这首《七步诗》，之所以能让狠心的哥哥潸然泪下，一字概括，即"情"。

　　俗话说"言为心声，为贵在情"，正是曹植在字里行间融入了真情实感，这才唤醒了哥哥深埋心底的亲情。这是一种不露声色的机智。曹植知道，哥哥从小憎恶自己，嫉妒自己，恨不得早一刻杀自己而后快。他手上唯一的筹码是两个人之间的血缘关系。是的，同胞兄弟原本应该相亲相爱，闹到互相残杀的境地，实在是可悲至极。

　　曹植的诗把曹丕带入一个怜惜亲情的氛围，让他不得不产生共鸣，潸然泪下，从而饶恕了曹植。我们平时写作文是不是也要学习这种"身临其境"的智慧呢？只有将情、景、事有机地融合在一起，才能与读者达成共鸣，成就一篇好文章。

苏东坡妙语解围

遇事不惊，
才能冷静坦然，
成功破解小人的奸计，成就大事。

宋代的大学士苏东坡是一个吟诗作赋的高手。相传，当时朝廷里的一个大官员对他的才学非常嫉妒，总想找茬将他羞辱一番，可每次都被苏东坡机智地应对过去。

一天，那位官员来到苏东坡兴办的学堂里参观。他看见苏东坡的学生后，心想：哼，苏东坡虽然才学高，但他的学生就未必厉害了。我要想办法让他的学生出出丑，这样苏东坡的脸上也没面子。

于是，那位官员开口说道："苏学士才高八斗，想必你教出的学生也一定很优秀。今天，我就出一个上联，看看他们谁能对出下联来。"

说完，那官员就指着不远处的一座宝塔说道："宝塔尖尖，七层

四面八方。"

由于事出突然,苏东坡的学生个个神情紧张,一时间反而不知道如何应答才好。而那官员见了这情形,心里暗自得意。他故意刁难起一个学生,结果那学生紧张地连头也不敢抬,只是伸出手来摇一摇。

那位官员转身面对苏东坡,冷笑着说:"瞧,苏学士,他们居然连这么简单的对子都答不出来。"

苏东坡不慌不忙地说:"大人,他刚才已经对出下联了呀。"

那官员惊讶地说:"怎么可能,他只是摆摆手,什么也没说啊?"

苏东坡笑着说:"我的学生伸手一摇,就是说,这个对子的下联是'玉手摇摇,五指三长两短。'依我看，这对得很工整嘛。"

那位官员听了这话，面色尴尬地说："苏学士果然才思敏捷，令人钦佩呀！"

在场的学生见老师巧妙地替大家解了围，个个喜形于色，心里更是佩服老师的胆识和学识了。

文中的官员因为嫉妒苏东坡的才学，一心想找个机会将苏东坡羞辱一番，可是最终却自讨没趣，差点儿令自己下不来台。看了这个故事后，我们也不禁佩服起苏东坡的应变能力来。

在生活中，你是不是有过这样的经历：在你完全没有准备的情况下，老师突然向你提问。顿时，你的脑子里一片混乱，甚至根本就没听清老师说了些什么，站在那里尴尬极了。其实，这时候，最要紧的就是放松下来，试着微笑一下，然后冷静地要求老师把问题再重复一遍，为自己赢得思考的时间。

总之，你要注意，在紧急情况下，最忌心慌意乱。试想，如果当初司马光看见自己的同伴落进水缸里后，吓得大哭大叫，或者是呆愣在那里，或者由于太过紧张而失去了思考能力，那么，他的同伴也许就会失去生命了，也就不会有"司马光砸缸救人"的千古佳话了。

所以，遇事须冷静，积极调整自己的心态和情绪，然后再思考解决问题的办法。

蔡廷锴黄豆克敌

不要忽略生活中那些不起眼的东西，
要知道，
小东西往往蕴藏着大力量！

1932年，日军进犯上海，蔡廷锴将军率十九路军奋勇抗战。

一天，蔡将军从火线上返回司令部，因为走得急，加上脚下不知何物打滑，摔了一跤。身后的警卫员赶忙过来扶起他。等他站起来一看，原来地上撒了几颗黄豆。

"这是谁撒的？"警卫员怒气冲冲地环顾四周。只见不远处站着一位老汉，肩上扛着一个鼓鼓的口袋。

"长官——长官，我，我可不是故意的。"老汉吓得要命，结结巴巴地说。

"害得我们军长摔了一大跤，还敢说不是故意的。来人，给我捆起来！"警卫员怒吼着。

"小鬼,看你吓坏了老人家。摔个跤没什么,不要在这里大呼小叫的,让老人家走吧。"蔡将军制止了警卫员,放那个老汉走了。

晚上,警卫员端来温水帮蔡将军洗脚。

"还说没什么,都肿成这样子了。"警卫员看到蔡将军的脚因扭伤,变得又红又肿,就低声嘟囔着。

蔡廷锴若有所思地看着自己受伤的脚,突然,只见他眼睛一亮:"小鬼,你有办法搞到大批黄豆吗?"

"当然有办法,黄豆又不是什么稀罕物品。"警卫员说。

"好,马上去办。"蔡将军激动地站起来说,"你要是办好了,可是立了大功一件哪!"

第二天,大批黄豆运到了军部。

"去,让战士们晚上把这些黄豆

撒在敌人可能发起进攻的必经之路上。"蔡将军下令道。

"哦,是!我明白啦。"警卫员恍然大悟说道。

在接下来的战斗中,由于十九路军在准备巷战的街上都撒了黄豆,日军冲进街道时,他们的硬底皮鞋踩在圆圆的黄豆上,一个个滑得东倒西歪,被埋伏在街道两旁的十九路军将士杀得大败。

蔡大将军让小小的黄豆在战争中发挥了巨大的作用。可恶的日本鬼子再凶悍,也只有吃败仗的份儿了。

其实,我们日常生活中的小事物也往往有惊人的力量。一只小小的蚂蚁,可以啃噬掉大块的面包;一个小小的蚕茧,可以吐出长长的丝线;一粒小小的种子,可以顶破坚硬的土地;一滴小小的水滴,可以穿透厚厚的巨石;一段小小的蜡烛,可以照亮周边的黑暗。

那么,小小的我们,有没有发挥自己的力量呢?在家里,你自己的衣服是自己洗吗?你帮爸爸妈妈倒杯水了吗?在学校,你参加集体大扫除吗?如果还没有,就从现在开始,做一粒乖巧的"小黄豆",去发挥自己无穷的力量吧。

楚庄王和醉臣

聪明的人，
将敌人变成自己的朋友；
头脑简单的人，
把身边的朋友全都变成敌人。

一次，楚庄王在宫里大宴群臣。席间，突然一阵风把灯吹灭了。这时，一个喝醉了酒的大臣竟大胆地拉扯一个宫女的衣衫。宫女在挣扎时，一把扯断了那人的帽带。

很快，宫女惊慌地将此事禀告给了楚庄王。

楚庄王听罢，没有气愤，只是十分冷静地下令："众位卿家，请即刻除去帽带，丢至地上。"

楚庄王这么做，是为了不让那位喝醉酒的大臣难堪，他不想因一件小事而失去一名大臣。他想那位醉酒的大臣对他的这个用意一定心知肚明。

过了一会儿，大厅里又重新点上了灯。此时，每个人头上都没

有了帽带，自然分不出是谁轻薄了宫女。这样一个砍头大罪，也就这样不了了之。于是，群臣们继续喝酒玩乐。

几年后，楚国和晋国开战，一个勇敢的武将奋勇杀敌。每次，他都冲在最前面，不顾危险，连连打了好多次胜仗。楚庄王觉得很奇怪，平常并没有特殊优待这个武将，他怎么这么卖命，甘愿出生入死呢？

于是，楚庄王将这一武将请进帐前。一问，才知道原委。原来，这位将军就是当年喝醉了酒，轻薄宫女的人。他为了感激楚庄王的恩德，因此奋勇杀敌。

后来，这位勇敢的武将在一次危难中拯救了整个楚国，于是，楚庄王就封他做了护国大将军。

智慧小清泉

故事中，聪明的楚庄王表现出他宽容的一面。他不想因一桩无心之罪而失去一名大臣，所以他灵机一动，命令群臣一一扯掉了自己的帽带。他的宽容和大度，深深征服了那位"罪臣"，以至于后来，那位"罪臣"忠心耿耿，肝脑涂地，用尽自己的后半生，戴罪立功，报答主上。

宽容不仅是一种美德，还是一种智慧。一次，一位部下批评林肯太温和，说他不应该与敌人交朋友，应该一个个消灭敌人。林肯反问了一句："当他们变成我的朋友时，难道我不是在消灭敌人吗？"

瞧，化敌为友才是消灭自己的敌人的最高明的策略。与其让一群人变成自己的敌人，让自己防不胜防，不如宽容一些，把那些敌人都变成自己的朋友，让自己安心无忧。

"人非圣贤，孰能无过。"世界上没有一个人不需要宽容。宽容是一朵高贵的花，只有你乐意将其赠与别人，你也会得到别人的回赠。

三两西红柿的故事

别为占了一点小便宜而沾沾自喜，
也许，
你早就中了骗子的圈套。

有一个卖菜的小贩，每天早上都会推着车子，来家属院门口叫卖。小贩的蔬菜既新鲜又便宜，招来很多人。可是，谁也没有发现，小贩在秤上耍的鬼把戏。

一天，邻居张大爷去买菜，挑了四个西红柿。

"2斤1两！"小贩拎着秤杆，喊道，"大爷，2斤1两，一斤两块钱，您给四块钱得了。"

张大爷一愣，心想：说得倒好听。可是，四个西红柿2斤重，这不是明摆着坑人嘛……

"大爷，您把钱一付，我这就把西红柿给您装好。"小贩看到张大爷愣神，急忙说道。

"哎呦,你看我这记性,一个人哪里能吃了四个西红柿呀?买三个就够了。"张大爷拍拍脑袋,笑着说道。接着,他把个头儿最大的那个西红柿从秤盘上拿了下来。

"1斤8两!"小贩重新称好说道。

"2斤1两减1斤8两是多少啊?"张大爷问。

小贩算得极快,张口就说:"3两呗!"

张大爷把刚才拿下来的大西红柿握在手里,对小贩说:"那我就要这个了,给你三两的钱。"

"三两……三两……六毛钱。"小贩垂头丧气地接过钱,推着车子灰溜溜地走了。

智慧小清泉

读了这个故事,我们不得不感慨地说一句,姜还是老的辣啊!张大爷心里非常清楚自己遭到了小贩的欺诈,可是他没有恼羞成怒,也没有找小贩理论,而是利用小贩言语的漏洞,使他乖乖地报出合理的价钱,并最终买回满意的商品。

在我们的日常生活中,也常常会遇到很多像小贩那样的商人。他们利用大多数人爱贪小便宜,大胆地欺诈顾客。其实,他们的行骗伎俩都差不多,所以只要留心,肯定能看穿骗子的把戏。

不过,在没有确凿的证据和众人的帮助下,千万不要直接与骗子正面发生冲突。我们应该学习张大爷,发现骗子的漏洞,再随机应变。当然,最好再来个"将计就计",让骗子也吃次哑巴亏。

小雨智斗骗子

观察是智慧的"眼睛",
它能活跃孩子的思维,
丰富孩子的想象,
提高孩子的鉴别能力。

"小兄弟,小兄弟,你停一停,我打听一下……"

"你是在叫我吗?"小雨赶紧停下来,扭过头问道,"什么事啊?"

一个妇女拉着一个中年男人,急走了几步,来到小雨面前。

"我们是来给我弟弟看病的,"女人指了指身边的男人说,"现在钱都花完了,我想向小兄弟借点钱,给我弟弟买顿早点……"

小雨一愣,心想:世界上的可怜人还真不少!

这个月,班里同学可没少当活雷锋。姗姗在车站遇到一个妇女说是来城里探亲,没想到钱包被偷了,所以只想讨两元钱坐车,姗姗想都没想就答应了;允浩也是被一个女人拦住,带着哭腔说是来城里找工作,已经一天一夜没吃东西了,只想借钱买碗粥喝……

小雨收回思绪,正要掏出钱包。忽然,他记起前两天看的一期电视节目,里面说有个"乞丐村",村里大部分人都跑去大城市乞讨,月收入竟然达千余元,并回家盖起了二层小楼。

"大家该不会都是遇到骗子了吧?"小雨猛然仔细地观察那两人。两个人穿着略显土气,脚上的皮鞋却闪闪发亮,看起来不怎么像长途跋涉来求医的人。

"你们大老远来看病怎么也不带行李呢?"小雨一边从钱包抽钱,一边故意问道。

女人并没有回答,而是忙不迭地说:"小兄弟,你人善心善,以后一定善有善报,平安吉祥,万事如意!"

男人也急忙说道:"对对,小兄弟平安吉祥,万事如意!"

两人的话,让小雨更加确信了自己的判断。

"你们为什么不去收容所呢,那儿管吃管住,还可以免费提供回程

的车票。如果你们不知道路，就问警察吧……"小雨向他们身后一努嘴，"那边正好过来个警察，去问问吧。"

那两个正连声道谢的人一愣，嘴里支支吾吾地说着："不用了，不麻烦警察同志了……"，就慌里慌张地走掉了。

智慧小清泉

通过细心的观察，小雨从中年男女的皮鞋上，发现了"破绽"。随后，小雨又用言语对骗子进行试探。听到骗子们文不对题的回答后，小雨更加确定遇到的是骗子，并最终吓走了他们。

细心观察，让小雨擦亮自己的眼睛，识破了骗局。同样，细心观察在学习中也十分重要。

有这样一个小故事，有一个化学老师在上课时，让同学们仔细观察自己的动作。他将手指伸进煤油，然后再用舌头舔了舔手指，并且装出很开心的样子说："真好吃！"接下来，老师让同学们照他的样子去做，结果全班同学在尝过之后，都大呼上当。问题出在哪里呢？

原来，老师舔的并不是那只伸进煤油的手指，其实，他早已经悄悄地换了另一只手指，只是粗心的学生们都没发现而已。

记住，做任何事情时，都绝对不要放弃观察。只有细心观察，才能让你认清事物本来的面目。

"荷仙姑"现形记

人的认识是有限的,
但要记得,
时刻保持清醒、睿智的头脑,
绝不能被一些虚妄的假象所迷惑。

暑假到了,中学生落落到乡下的奶奶家玩。一天中午,她正在厨房里帮奶奶择菜,表妹妹糖糖跑了进来。

"姐姐!我们一起去看'荷仙姑'吧!"

"荷仙姑!"落落吃了一惊,"在哪里?"

"村头李大娘家,'荷仙姑'要在那里跳舞呢。"糖糖回答。

原来邻村有个妇女,自称是何仙姑转世。据说,这"荷仙姑"不但能驱鬼除魔,还有包治百病的灵丹妙药呢。这不,村头的李大娘病了,李大爷千方百计才请来了"荷仙姑"。

落落听了表妹的话,思考了一下,决定去会一会"荷仙姑"。

李大娘的院子里站满了人。人群中央摆了一个香炉,香炉旁的供桌上摆了三支蜡烛、三盘水果,还有几张纸钱。

一个身穿绿衫,手持纸荷花的老太婆,走到香炉旁,"咚咚咚"猛磕了三个响头。忽然,老太婆身子一颤,两只手不停地在空中乱舞。

"'荷仙姑'开始显灵了。"周围的人喊着。

"去,去,去。妖魔鬼怪全烧死。"那"荷仙姑"猛然尖叫道,随后对着燃烧的蜡烛吹了一口气,一缕长长的火光猛地喷出。

围观的群众热烈地鼓起掌来,大声喝彩:"好——"

而后,仙姑从香炉里抓起一把香灰,用黄纸包好,递给李大爷,李大爷忙递上一个红包。

仙姑在人们的呼喊声中,打了个哈欠,回了原神,说:"承蒙各位捧场。如果哪家还需要请神驱鬼,我愿意效劳。"

立即就有几个围观的群众大声请求"荷仙姑"去请神驱鬼。

"慢!"落落大叫一声,大步走上前,对"荷仙姑"说:"'荷仙姑',你刚才的那一套,我也会。"

"荷仙姑"气急败坏地问:"你,你要干什么?"

只见落落先把一个东西放在嘴里,之后对着烧得正旺的蜡烛吹了一口气,一缕长长的火光喷出。大家热烈地鼓起掌来。

"这下好了,这个小仙姑,可以降妖驱邪,招财进宝,就不用我'荷仙姑'费力了。"老太婆心知不妙,说完就要溜走。

"住口!什么荷仙姑、小仙姑的。对蜡烛吹气生出火来,那是因为嘴里事先含有松香,而松香是一种无毒的易燃品。"

"荷仙姑"听到这里了,一屁股瘫坐在地上。

智慧小清泉

"荷仙姑"利用封建迷信,骗取村民们的钱财。而机智的落落,用自己的行动勇敢地与迷信做斗争。在科学面前,"荷仙姑"终于现了"原形"。

我们的认识毕竟有限,所以对未知事物充满了好奇,这样,就容易被一些假象所迷惑。因此,无论在做任何事情时都要保持清醒的头脑,多用科学知识去分析,透过那些假象,看到最真实的一面。

当然,想破除假象,多了解科学知识是最关键的。因此,我们一定要多多学习科学知识,武装头脑,才能不受那些巫婆神汉的欺骗;懂得了科学规律,才能用科学的手段去揭掉迷信的虚伪面具,看清它们的反科学的邪恶本质。

卖鸭子

永远不要自以为是，
那样只会让你成为"盲人"和"聋人"；
永远不要贪占小便宜，
那样往往会吃大亏。

巴巴拉是个大商人，每次赚了钱，他总会去赶集，以便再淘些宝回来。

一天，巴巴拉牵着小毛驴去赶一个热闹的集市。集市上人流如潮，货物琳琅满目。忽然，一阵吆喝声引起了巴巴拉的注意。他猛转身，看见一位白发老人正蹲在地上卖鸭子。

巴巴拉像被电击了一样，突然停下了脚步。他俯下身，抚摸着鸭子，眼睛却不住地盘算着那只盛着鸭食的旧碗。那可是一个真正的古董啊！

老人充满期待地望着巴巴拉："老爷，您要买鸭吗？"

巴巴拉态度温和地说："老人家，你说个价吧？"

老人吞吞吐吐地说:"十个……十个金币。"

巴巴拉伸出舌头,咂咂嘴巴:"哇,真贵!不过,不过它太可怜了,被你绑着,晒在日头下,我还是买了它吧!"

巴巴拉一边说,一边从口袋里摸出十个亮闪闪的金币,递给了老人。老人接过金币,感激地将鸭子递给巴巴拉,恭敬地说:"老爷,您走好!"

这时,巴巴拉又开口了,他指着那只旧碗说:"这碗这么破,只能喂喂鸭子了,就送我得了!"

巴巴拉说着,就伸手拾地上的碗。老人一把拦住了他:"不行的,老爷!"

巴巴拉说:"加一个金币?"

老人连连摆手:"不行的!不行的!这碗是一个恩人借给我的,他说,这样我就能每天卖掉三只鸭子了。"

巴巴拉喃喃自语:

"一只鸭子十个金币?"

老人点点头,毕恭毕敬地解释说:"恩人说,只要拿着他的碗,一只鸭子就能卖十个金币。这样,我儿子的病,就有得治了。"

巴巴拉立即明白了一切,但又无话可说。

智慧小清泉

"螳螂捕蝉,黄雀在后",也许在你洋洋得意之时,麻烦才刚刚开始。精明的巴巴拉费尽心机,怎么也没想到"旧碗"是"诱饵"。到头来,还是"陌生人"技高一筹。谁让巴巴拉厚着脸皮贪财呢?谁让他太相信自己的聪明,太小瞧穷苦人的智慧呢?结果,只能中计。

生活中,总有一些人,他们常常不假思索地"肯定"自己,"否定"别人。有这样一个故事:驴子一直怀疑马的听力有问题,决定试探一番。一天,驴子走到马背后十米处喊马名,马没有反应。接着,驴子又走到五米处喊马名,马依旧没有反应。最后,驴子走到三米处又喊了一遍马名。这时,马回头说:"烦不烦,我已经回答你三次了!"

俗话说"旁观者清",大概就是在提醒我们:一个人在任何时候,都不能自以为是。当你盲目地相信自己时,就可能对"真实"视而不见、听而不闻。那一刻,你可能就是世界上最好笑的人,正在傻乎乎地走向一个大陷阱。

长生不老

奢侈会侵蚀一个人的心灵，
获得越多，就越贪婪，
越感到不能得到满足，
直至欲望膨胀、爆炸。

从前，森林里生活着一只小白兔和一只大灰狼。大灰狼专横霸道，动物们都很怕他。

有一天，大灰狼又"嗷嗷"叫着把大家召集到一起来，恶狠狠地说："你们听好，我要长生不老，永远年轻。快给我找药方去吧。找不来，哼哼哼，我一天咬死你们中的一个。"动物们都心惊胆战，马上去找了。

可是，世上哪有什么长生不老的药方啊？三天过去了，大家都垂头丧气地回来了。大灰狼果然一天咬死一只小动物，搞得其他动物整天东躲西藏。

"这日子简直没法过啦。"小白兔心想，"太可恶啦，我一定

要惩治一下大灰狼！"于是，他决定亲自去拜访大灰狼。

"狼大叔，狼大叔，我知道怎样长生不老啦！"小白兔开心地叫着。

"真的吗？赶快告诉我吧。"大灰狼迫不及待地说。

"森林深处有一个圣水湖，你用圣水湖里的水洗洗澡，就可以长生不老啦。"小白兔回答道。

"咦，小白兔。现在寒冬腊月，滴水成冰，我怎么能下湖里洗澡呢？哼，还不说实话，你怎么知道这个法子的？你不会是在骗我吧？"大灰狼反问道。

"狼大叔，森林里您是最厉害的，狐狸都不敢惹您，更何况我是一只小小的兔子呢？这个秘方是一个仙人告诉我的，他就住在圣水湖里，你去了就会明白啦！"小白兔眨着一双天真的眼睛说。

大灰狼也觉得小白兔最听话了，一定不敢骗他，就有点儿急不可耐地喝道："别啰嗦了，还不快带我去！"

就这样，大灰狼跟着小白兔走了。他们走了好长一段路，终于到达了圣水湖边。

"天哪，这么厚一层冰！"大灰狼既心急，又犹豫，"小白兔，我怎么下去啊？"

"狼大叔，放心吧。"小白兔边说，边指着湖边的一块大石头，"仙人说了，只要你砸开一个冰窟窿，然后把藤条绑在你身上，就可以下湖了。狼大叔，等你浸到了湖水，我立刻就拉你上来。"

大灰狼起初还有些担心，可一想到自己能长生不老，便什么顾虑也没有了。

砸出冰窟窿后，小白兔帮大灰狼系好了藤条，只听"噗通"一声，大灰狼跳下了冰窟窿。小白兔立马丢

下藤条，冲大灰狼喊道："大坏蛋，你也有今天啊！"

大灰狼这才明白上了当，可这时，已经晚啦！他再也爬不上来了，只能眼睁睁地看着小白兔兴高采烈地走远了。

智慧小清泉

贪财是"贪"，贪生也是"贪"，无论是哪种"贪"，绝对都是不对的。《西游记》中的妖魔鬼怪，个个想吃唐僧肉。结果呢，不但长生不成，反而丢了自己的小命。故事中的大灰狼也一样，他残暴不讲理，还一心想着长命百岁，称王称霸，落得可悲的下场真是活该！

有句俗语叫"人心不足蛇吞象"，讲得就是"贪"的故事：贪心的大蟒蛇累死累活，才吞下一头大象，可因为自己消化不了，最终撑死了；《渔夫和金鱼的故事》中，渔夫的老婆一次又一次向金鱼提出要求，直到贪婪地想凌驾在金鱼之上，结果，终究一无所有，又变成了穷光蛋。

所以，我们一定要谨防"贪"字。学功课不能贪多，不管有没有理解，只顾贪心地想都学会，自然会事倍功半了。因此，我们在私欲和物欲面前，应该懂得克制，懂得知足常乐，千万不能让贪婪蒙蔽了双眼。

吴刚智救玉兔

反话正说是一种诙谐幽默的劝谏方式，
既能顾及他人颜面，
又能消除尴尬局面。

月宫里，嫦娥大发雷霆，火冒三丈。原来，玉兔闯了祸，搞丢了嫦娥的一支碧玉簪，那是嫦娥从人间带到月宫的唯一一件东西。

嫦娥厉声呵斥："玉兔，你是怎么看守的？来人，把它拉下去，三天后打入凡间，永世不得超生！"

一宫之主，处罚一个小奴仆，谁也不敢说情。

三天后，可怜的玉兔被五花大绑带到了轮回台，大家相互不敢作声。这时，吴刚出现了。他看着瑟瑟发抖的玉兔，又看看它身旁的彪形天神，皱了皱眉头，对嫦娥说："仙子，玉兔……"。

嫦娥不等他说完，立刻脸色铁青，双眉倒竖："吴刚，月宫里我说了算。如果是为玉兔求情,你最好不要开口!"

"当当当",月宫的金钟敲了三下。"时刻到!"执行官一声高喊。

"等一下!"吴刚果断地拦住了执行官,真诚地说,"仙子,这样就把它贬入凡间,太便宜它了。等我公布了它的罪状,让它死得心服口服,也让众仙知道,嫦娥仙子不是无缘无故发怒的。"

嫦娥仙子的脸色缓和了很多,点了点头。

"玉兔,你有三条罪状:第一,仙子让你看管玉簪,你看丢了,对不对?"吴刚厉声喝道。

玉兔匍匐在地,哆哆嗦嗦地点头。

"第二,玉簪是仙子在凡间的唯一纪念,是仙子的心爱之物,你却把它弄丢了;第三,你最大的过错在于,你被贬入凡间是因为一支玉簪,全仙界都会认为仙子爱私物胜过爱生命。仙子冰清玉洁、温婉善良的美名都被你毁了。你可知罪?"

吴刚这么一讲,众仙人一下子愣了,玉兔也惊呆了。

嫦娥仙子呢,她早就听明白啦。于是,她衣袖一挥说:"算啦,算啦,玉兔,这次饶了你。去吧,去桂花树下捣药吧!"

玉兔一听赦免令,连忙叩头谢恩。

月宫被盗,玉兔看守的碧玉簪丢了,嫦娥大怒。这下,可怜的玉兔要受罪啦,差一点儿就要被贬入人间。幸亏,机智的吴刚及时出现,上演了一幕"英雄救兔"的画面。

反话正说,就是委婉地劝谏对方,使对方自我反省并认识到自己的错误。秦朝有一个叫优旃的人,非常幽默。有一次,秦始皇想大肆扩建御园,多养一些珍禽异兽,以供自己围猎享乐。显然,这是一件劳民伤财的事,但大臣们谁也不敢冒死阻止秦始皇。这时,能言善辩的优旃挺身而出,他对秦始皇说:"不错,这个主意非常好,多养些珍禽异兽,敌人就不敢来了。即使敌人从东方来了,下令麋鹿用角把他们顶回去就足够了。"秦始皇听后,破颜而笑,并下旨收回了成命。

怎么样,优旃和吴刚是不是都很聪明?所以,我们在劝说别人的时候,也要多多注意自己的语言。话有三说,巧说为妙啊!

谎言也美丽

如果一个谎言没有丑陋和阴暗，
没有打击和伤害，
还能带给人温暖和关怀、赞美和爱，
那又有何不可呢？

沙漠里，生活着一对好朋友：骆驼默默和鸵鸟哩哩。

这天，默默生病了，哩哩把他送到"沙漠医院"。医生一检查，坏啦，诊断报告上写着"肝Ca"。那一刻，哩哩的心都快要碎了，Ca是癌症的英文缩写。

这可怎么办？默默是哩哩最好的朋友，怎样才能不让他知道真相呢？哩哩越想越难受。

"最好不要让病人知道，以免增加病人的心理压力。"医生的话回响在耳边，哩哩徘徊在病房门外，心如刀绞。

忽然，她想起一条妙计：哎，有了，我就这么告诉他，他一定不知道。

哩哩立刻换了一种表情,兴高采烈地推门走进病房。

"默默,你得了肝炎,是小毛病,做个小手术就可以出院啦!"哩哩轻松地笑着说。

"真的吗?"默默正在不停地咯血,他悲观地盯着哩哩,"那我为什么咯血呢?我是不是要死啦?"

"胡说!你看,诊断报告上写着'肝Ca',Ca你知道吗?咱们化学课上不是学过吗?是钙。你是肝上发炎了,长了钙一样的东西。做个手术把肝清洗一下就好啦。"哩哩指着诊断报告说。

看着哩哩的笑脸,默默安心啦,不

一会儿就睡着了。

几天后,医生给默默做了手术,由于默默的默契配合,手术做得很成功。一个月后,默默的病情慢慢好转了。那一段时间,多亏哩哩一直"快乐"地陪着默默,默默才能安心地养病,没有一点绝望。

智慧小清泉

小鸵鸟哩哩编织了一个美丽的谎言,一直隐瞒着小骆驼默默的病情。因为哩哩的良苦用心,默默的心情一直很轻松。最后,手术获得了成功,一个生命和一段友情得到了新生。

生活中,有一种谎言叫"善意的谎言"。它不是一种利己的自私,也不是一种丑陋的欺骗。就像哩哩一样,她勇敢地分担了一个病人的痛苦,她的谎言仅仅是为了在朋友的心中种下一片希望。所以,这个善意的谎言给他人送去了温暖。

当我们面对难以启齿的问题,需要用谎言帮助朋友的时候,就一定要"撒谎"。不过,善意的谎言会得到朋友的谅解,增强彼此之间的感情。恶意的谎言则会摧毁朋友之间信任的桥梁。

智识毒贩

真相，如同蒙尘的明珠，
最终会绽放光芒；
虚伪的骗术，仿佛漆金的马桶，
终究会散出一股臭气。

一天，海关检查员小章，正在仔细地检查着各式外国包裹。突然，一个铁皮封口的木箱引起了小章的注意。只见木箱上印有日文"牙痛粉"字样。

小章想：牙痛粉是极普通的药品，并不贵重，何必要用铁皮封死呢？

他又仔细查阅了一下外宾携带物单，发现这个箱子是一个名叫西崎山木的日本水手的。奇怪，一个水手携带一木箱的牙痛粉，成了药品推销商了。这令他更加费解了。

于是，他得到了检查处缪处长的同意，开箱检查。箱子里有几个精制密封的塑料袋，袋里装有一盒盒精装的牙痛粉。

这么多的牙痛粉，给一个人用，不知道能用多少年呢？一个漂泊四方的水手，根本不可能在一处定居一两年，用得着一下子购买这么多牙痛粉带在身边么？

小章毫不犹豫地把一盒牙痛粉送到了海关药检部。

半个小时后，鉴定单送来了。鉴定单上赫然写着："经鉴定，此牙痛粉是经过巧妙伪装的毒品。"

小章立即找到了那个水手。

"你叫西崎山木？"

"是的。"

"这个木箱是你携带入境的？"

"是的，噢噢，不是，是一位乘客托我带的。"

"西崎山木先生，我们发现木箱里的牙痛粉实际上全是毒品。"

"这……这我可就不知道了。"

"那么，那乘客是什么时候，在

什么地方把它托交给你的?"

"前天晚上,那时我正要在甲板上升国旗,忽然发现国旗挂倒了,正要重新挂时,那位乘客走过来把木箱交给我的。"

听了西崎山木的回答,小章不禁大笑起来:"哈哈哈,先生,你编故事的时候怎么没有想到,贵国的太阳旗是没有正倒之分的。还有,晚上只会降旗,可没有升旗的呀!"

那个冒充水手的毒犯一下子傻眼了。

　　毒贩企图带着伪装成"牙痛粉"的毒品"蒙混过关"。谁料,却被海关检查员小章逮了个正着。随后,毒贩又编谎话,否认犯罪事实。然而,他的谎言在小章的揭穿下,立刻漏洞百出。

　　谎言哪怕再如何掩饰,也经不起质疑。

　　一只狼被狗咬伤了,痛苦地躺在巢穴里,不能外出觅食。他感到又饿又渴。这时,一只羊走了过来。

　　"亲爱的小羊,你给我一点水解渴。"狼说,"我就能自己去寻找食物了。"

　　"是呀。"羊回答说,"如果我给你送水喝,那么我就会成为你的食物。"

　　你们看,狼的谎言一经小羊的"推敲",是不是也立刻露了馅呢?

孙中山威震假郎中

千万别被恐吓所吓倒!
真正心虚的,
是那些理亏的人。

孙中山在香港求学的时候,常常去造访一些志同道合的朋友。一日,孙中山应邀去朋友家做客。在路上,他看到一群市民正围着一个江湖郎中。

当时,那个江湖郎中手中拿着一支药膏,嘴里唾沫横飞地鼓吹着自己的药。只听那郎中得意地说:"我手中的药可是祖传的灵丹妙药,有正骨生肉、起死回生之效!"接着,他又说有许多人用了他的药,多年的老毛病全治好了。那些围观的市民听了他的话,都有些心动了。

孙中山曾经学过医,对医学知识非常了解,所以他一眼就看出这个人是个骗子。于是,他立即挺身而出,大声说:"大家千万别信这个郎中的话,他纯粹是为了骗人钱财的!"

接着,为了让大家信服他的话,孙中山还有理有据地指出这个药是假冒产品,根本就不能治病疗伤。

孙中山的一番话,让围观者大为震惊。那郎中眼看自己的骗局就要被揭穿,当即恼羞成怒。他见孙中山不过是个年轻学生,以为他软弱可欺,就随手举起一块石头,气焰嚣张地威胁道:"你这小子竟然敢说我的药是假的。好!我现在就砸断你的腿骨,然后再当大家的面为你接好,也好让大家见识一下,我这药究竟是不是灵丹妙药!"

围观的人一听这话,吓得纷纷后退。这时,孙中山却不慌不忙地说:"这有什么难的,

还是让我先一枪打碎你的脑袋，然后再帮你医治好吧！"

那郎中见孙中山的衣袋里有一个突起的枪状物，正对准自己的脑袋，当场就消了气焰。他不知孙中山是什么来头，也辨不出那枪是真是假，便不敢贸然发作，只好匆忙地收拾好自己的家当，灰溜溜地跑了。

其实，孙中山只是把自己的手插进手袋里，弄成枪的形状。没想到，还真的把那骗子给镇住了。

智慧小清泉

那个假郎中行骗被看穿后，居然还想吓唬别人，妄图以暴力威胁孙中山知难而退，殊不知最后却反被孙中山的威严所吓退。

的确，那骗子自知理亏，所以才会被孙中山的镇定自若以及威吓所震慑，最后只好灰溜溜地逃掉了。因此，在现实中，当我们遭遇那些别有用心的骗子时，也要保持一颗冷静的心。要知道，骗子之所以那么嚣张，只是为了掩饰自己的心虚罢了。而如果我们一味忍让，任人欺凌，只能助长骗子的嚣张气焰。

所以，在校园中，如果遭遇到校园小霸王的威胁，千万不要姑息迁就，应尽快告诉老师和家长，不然，他会以为你软弱可欺，一直肆意欺凌你。希望大家千万别被那些色厉内荏的家伙的恐吓所吓倒，一定要勇敢地站出来，机智地与他们周旋。

小姑娘智斗"白面狼"

焦虑、苦恼只能使事情变得更糟,
只有恰如其分的冷静才能够让你稳住阵脚,
赢得成功。

星期天的上午,小蕙一个人在家里看书。突然,门铃响了。小惠透过门上的猫眼一看,只见门外站着一位西装笔挺的年轻人,手上拎着一袋水果。这人好像在哪见过,小惠迟疑了一下,就把门打开了。

"王、王经理,我找王经理,他在家吗?"年轻人说得结结巴巴,嘴角不自然地抽动了一下,神情鬼鬼祟祟的。

啊!糟糕,这不是最近传说的入室大盗"白面狼"吗?怪不得小惠觉得在哪见过,原来是电视里。据说,白面狼行窃时,身穿西装,手拎水果,假装上门找人。若有人在家,他就借口找错了门,然后若无其事地掉头就走;若无人应答,则拿出工具撬开门,溜进室内,偷得钱物就走。

硬碰硬可不是办法,还是先稳住他再说。小蕙很快冷静下来,微笑着说:"你找我妈妈呀,快进来,快进来!"

"白面狼"万万没有想到自己乱编的"王经理"竟然是小姑娘的妈妈,只好硬着头皮进了门。

"我妈刚出去,她一会儿就回来。"小蕙又是倒茶又是敬烟,热情地招待他。

"既然王经理不在家,那我改天再来吧。""白面狼"慌忙站起身来就走。

小蕙一看"白面狼"要开溜了,忙站起来说:"这样吧,我带你去找我妈,她就在楼下不远的理发店呢。"

"白面狼"一愣,忙推辞说:"算了,我也没有什么大事,就不麻烦你了。"

小蕙执着地说:"没事,没事。我领你去。"

"白面狼"想拒绝又怕引起怀疑,只好跟着小蕙下楼。

小蕙一边走一边与"白面狼"闲谈,说妈妈在家如何做家务,又说妈妈的同事也时常来家里找妈妈办事……

"白面狼"心不在焉地应付着,脑子里却在打着如何脱身的主意。可是,他猛一抬头,发现已到了附近派出所的门口。"白面狼"心里一慌,撒腿就跑。

小蕙立即大喊:"快,抓坏人啊!"

小蕙的喊声惊动了派出所值班警察和周围群众,大家齐心协力,围追堵截,不费吹灰之力就把惊慌失措的"白面狼"逮住了。

智慧小清泉

小蕙发现来客是入室大盗时,很快就冷静下来,假装热情招呼他进屋。在盗贼准备开溜时,她又从容不迫地给盗贼带路,和盗贼聊天,并一直将盗贼引到了派出所附近。小姑娘的冷静真是令人赞叹。

冷静一种难得的智慧。生活中,很多人遇到坏人马上就慌了手脚,不知所措,致使坏人逃之夭夭。而那些遇事冷静的人,大都会从容不迫地将坏人抓获。

当我们遇到难题,久久无法解决时,如果沉住气,冷静下来,认真思考,往往就会柳暗花明又一村。对人生而言,冷静是一笔无穷的财富,更是一种无上的智慧。它可以让你把握住一次次机遇,也可以让你脱离一次次危险,更可能带你走向一次次成功。

当然,一个人在家,遇到陌生人敲门,小朋友最好不要开门。

毛驴斗笨狼

弱者面对强者，
不能硬拼，只能智取。
要懂得养精蓄锐，
为自己寻找反败为胜的契机。

从前，有一头瘦骨嶙峋的毛驴，被主人抛弃在野外。一只大灰狼出来觅食看到了他。"哈哈！这下，我可有肉吃了！"大灰狼说完就向毛驴扑去。

"慢着，狼先生。"毛驴喊道。

大灰狼大吃一惊，问："怎么了？"

"您看，我都瘦成这样了，哪有什么油水呀。"毛驴低着头说，"还是请您忍一忍，等明年夏天，我吃些青草，肉肥了，油厚了，再吃我吧！"

"你说的是有几分道理。可是，我这次放了你，你跑了怎么办？"大灰狼质问道。

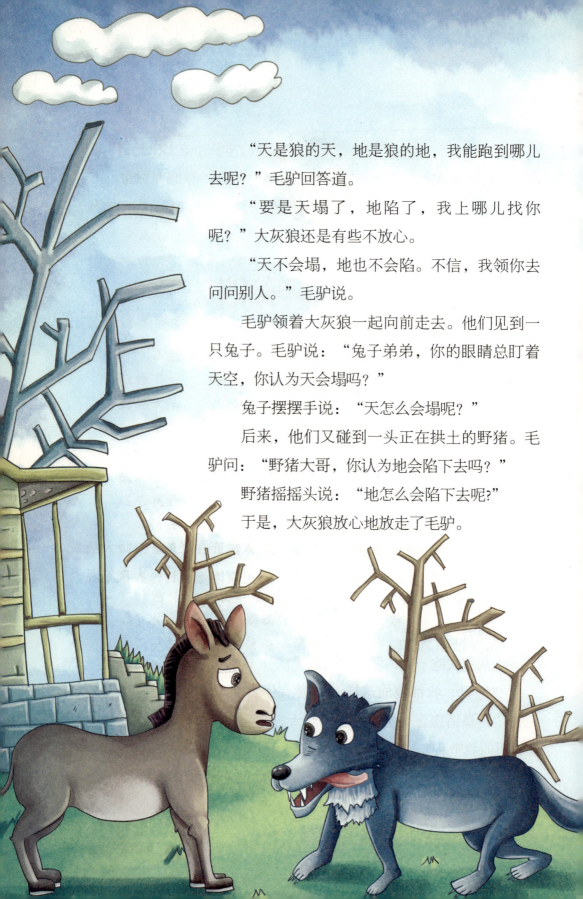

"天是狼的天,地是狼的地,我能跑到哪儿去呢?"毛驴回答道。

"要是天塌了,地陷了,我上哪儿找你呢?"大灰狼还是有些不放心。

"天不会塌,地也不会陷。不信,我领你去问问别人。"毛驴说。

毛驴领着大灰狼一起向前走去。他们见到一只兔子。毛驴说:"兔子弟弟,你的眼睛总盯着天空,你认为天会塌吗?"

兔子摆摆手说:"天怎么会塌呢?"

后来,他们又碰到一头正在拱土的野猪。毛驴问:"野猪大哥,你认为地会陷下去吗?"

野猪摇摇头说:"地怎么会陷下去呢?"

于是,大灰狼放心地放走了毛驴。

第二年夏天到了,毛驴养足了精神,长得膘肥体壮。"哈哈!这次你可没话说了吧!"大灰狼一见毛驴就扑了过去。

毛驴一个急转身,翘起两个后蹄向大灰狼脸上踢去。顿时,踢得大灰狼的脸上鲜血直流,他只能捂着脸,灰溜溜地逃走了。

故事中的毛驴,因"骨瘦如柴"被主人抛弃。瘦弱可以说是他致命的弱点,然而,他却巧妙地利用这一弱点施行"缓兵之计",为自己体力的恢复,争取了宝贵的时间。当夏季到来时,身强力壮的他,给了大灰狼始料未及的一击。

历史上,也不乏善用缓兵之计的大赢家。春秋时期,越国被吴国打败。越王勾践为保命存国,入吴国伺候吴王,回国后又卧薪尝胆,最终一举灭吴。

这也告诉我们一个道理:留着青山在,不愁没柴烧。所以,当弱小者面对强大的敌人时,可以先想办法拖延时间,然后养精蓄锐,为自己日后战胜敌人做准备。

拜见国王

要解开一团丝带,
不能强拉硬扯;
要解决一个问题,
不能三撞不回头。

突尼斯有一个名叫贾的人,他像阿凡提一样,聪明机智,喜欢到处游历。

一次,贾来到西班牙,居住了一段时间。在那段时间里,他经常去王宫,拜访国王。国王很欢迎贾的到来,但是,贾每次来见他,从来都不鞠躬行礼,这让国王很是恼火,决定惩罚一下这

个外国人。

于是，国王和他的一班大臣们想了三天三夜，终于想出了一个妙计。

国王下令在宫门一米高的地方，横着钉了一道木板。他们心想：只要贾进皇宫，那么他非得从横板下弯腰才能进来。如果他弯了腰，就是鞠了躬。

一切设置完毕，国王和大臣一连几天都焦急地等待着贾，很想看看他的鞠躬的举动。

几天后，贾终于出现了，国王和大臣们都非常高兴，他们得意洋洋地盯着门外的贾，等着他弯腰鞠躬。

"咦,这是什么?噢,原来如此!"聪明的贾望着那道横板,立刻明白了国王的用意。他笑了笑,然后转过身,弯下腰,把屁股对着国王,倒退着进了宫殿的大门。

顿时,国王和大臣们看得目瞪口呆。

智慧小清泉

国王在宫门前装了一道"横木",原本想迫使贾低头,向他鞠躬。结果,机智的贾不但没有鞠躬,反而转身,屁股对着国王退着进了宫门。哎,聪明人就是和一般人不一样。国王一连三天冥思苦想,最终讨了个大大的没趣。

很多时候,我们不能单刀直入地面对问题,可以尝试着换一个角度,甚至是一个相反的角度。"围魏救赵"就是典型的一例:战国时期,魏国包围了赵国的都城。孙膑为了解救赵国,直接领兵去攻打魏国。结果,魏国不得不退兵自救。

常常,我们只想着"走"进宫门,决不会想起"退"进宫门。就像我们天天只看到自己的前额,而看不到自己的后脑勺一样。其实,看到自己的后脑勺并不难,只不过是换一种思维方式而已。你想到办法了吗?

别具匠心

人人都有猎奇的心理。
如果想让自己脱颖而出，
那么，
巧妙地展示自己的失误，
也能吸引众人的眼球。

清朝嘉庆年间，岭南才子宋湘侠义心肠、为人机智，有很多故事传为美谈。

这天，宋湘玩累了，便去路边的一家饭店吃饭。饭菜价格便宜、美味可口，宋湘很是高兴。

可是，宋湘吃饭歇息的过程中，没见一个客人来吃饭。

"店家，你这生意怎么这样冷清啊？"宋湘不解地问。

"客官，您有所不知，这店是我们夫妻操持的。虽然在路边，饭菜也物美价廉，但因为我们没钱装修，太简朴了，吸引不了顾客。"店老板满是辛酸地说。

宋湘听了，低下头想了想，心中有了主意："店家，我帮你写副对联吧,挂在你们店前,或许能有些帮助。"

只见宋湘大笔一挥,顷刻而就:一条大路通南北,两扇小窗卖东西。横批:上等点心。

店主一看才子亲笔题联,十分高兴地贴在门上了。他再仔细一瞧:哎呀,宋才子把横批上的"心"少写了一点。

"客官,您这对联……"

面对店主的疑惑,宋湘只笑不语,转身离去。

第二天,一个秀才来吃饭,看见这副对联,狂笑不止,一出店门便到处宣扬:"堂堂一岭南才子,居然连'心'字都不会写!"

好事不出门,坏事传千里。很快,宋湘写"心"少一点的事情传得沸沸扬扬,大家都来看热闹。一时间,小店门前像集市一样热闹,生意一下红火了起来。大家本意是来看宋湘笑话的,却意外发现,小饭店的点心果真"上等"。

从此，小饭店的名气大增，很多人慕名而来。店主夫妻这才明白：宋才子的"心"是故意缺一点啊，真是多亏了宋才子的独具匠心！

智慧小清泉

小饭店饭菜物美价廉、服务周到，但生意却冷冷清清。才子宋湘为小店题字，"心"字少了一笔。咦，一代才子，"心"字会写错？耳听为虚，眼见为实，还是去看看吧。哈哈，这样一来，正中宋湘下怀：小店门庭若市，生意自然红火。

大才子拿自己的名头做广告，果然独运匠心，反响奇佳啊。

顾客就是上帝，现在的商家为了吸引"上帝"的眼球，更是出尽奇招。影楼玻璃橱里的模特，怎么会眨眼睛呢？凑近一看，竟是几个活人模特。唢呐锣鼓震天响，哪家有喜事了？跑过去一瞅，只是个小小的饭店开业罢了。

在当今这个商业竞争日益激烈的社会，要吸引"上帝"，各种创意必须要层出不穷才行。

小狐狸和大灰狼

如果处于孤立无援的境地或者遭遇危险时，虚张声势也不失为一种聪明的应对办法。

"宝贝，你在家看好家门，小心大灰狼，妈妈找到食物就回来。"狐狸妈妈叮嘱完小狐狸后，就关上门离开了。

小狐狸一边等着妈妈回来，一边画画。画的什么呢？呵，全都是大老虎。为什么是大老虎呢？因为大老虎是森林之王，大灰狼也害怕他啊。

"嗷嗷嗷"，小狐狸听见几声凄厉的叫声，不禁一愣，"天哪！大灰狼真来啦！听这叫声，似乎就在附近。"

"扑通扑通"，小狐狸的心跳一下子加快了。怎么办呢？怎么办呢？要是大灰狼趴在窗户上一看，家里只有自己一个人，那可就完蛋啦！

"啪嗒啪嗒",小狐狸听到大灰狼的脚步声越来越近了。情况真是万分危急,万一大灰狼破门而入,小狐狸必死无疑。

"咦,有了。"小狐狸灵机一动,一个绝妙的主意划过脑海。

"啊哈,这是谁家啊?漂亮的小红房子……"大灰狼自言自语着,头已经靠近了窗户。然而,只看了一眼,大灰狼便撒腿跑开了。"还好,还好,幸亏我跑得快,否则,还不知道怎么死呢!"

原来,小狐狸把大老虎

的画贴在左边墙上，右边墙上摆了一面镜子，反射画上的老虎。同时，屋里还播放着老虎吼叫的录音带。大灰狼猛一看，还以为是真老虎呢，当然要夹着尾巴逃跑了。

智慧小清泉

狐狸妈妈不在家，大灰狼来啦，怎么办？情况万分危急，似乎悲剧就要发生喽。幸好，小狐狸临危不乱，细心地布下了"迷魂阵"，在左边墙上贴一张老虎画，右边墙上挂一面大镜子，将老虎"请"到了家中，难怪大灰狼会狼狈逃窜呢。

故事中，小狐狸之所以能吓跑大灰狼，就是因为他借助了"老虎"的声势，把大灰狼给吓跑了。怎么样，小狐狸是不是特别机智勇敢？

大家一定都还记得成语"狐假虎威"里的那只狐狸吧，他就是借老虎的威风吓退百兽的。所以说，虚张声势也是一种生存的手段。狐狸无非就是把握住了百兽怕老虎的心理，才保全了自己。

生活中，偶尔虚张声势，还能增加自己的勇气呢。比如走夜路的时候，你若感到害怕了，可以模仿那些凶猛动物的叫声，也可以吹口哨，这样就能为自己壮胆啦！

常常，危险都是"纸老虎"。殊不知，生活中好多问题同样是"纸老虎"，比如数学题，只要我们有信心，就必定能战胜它们。

西西逃生记

> 学，一定要有所用。
> 须知学习不止于书本，也在于运用，
> 这样才能化知识为力量。

西西是一个8岁的小男孩，他的爸爸是个有钱的珠宝商。西西住的白色小别墅就在大海边。

西西最喜欢游泳了。不过，只有周末，在爸爸和保镖的陪同下，他才能去海边游泳。

一个星期天，西西的爸爸因为忙于生意，没有时间回家陪他。西西一想到游泳，心里就痒痒。于是，他就一个人偷偷地溜了出去。

谁知，他刚出门，就被几个蒙面大汉塞进了一辆面包车。

"救命啊！救命……"西西一边大喊，一边挣扎。

"让你再喊！"一个长满络腮胡子的人，用毛巾堵住了西西的嘴。

"小子，给我乖点儿！"一个戴墨镜的人掏出一把锃亮的匕

首,抵到西西脖子上。

紧接着,一个胖子用绳子将西西的双手反绑起来,装进了麻袋。西西眼前一黑,昏了过去。

西西醒来时,发现双手已经被松绑了,正被关在一间浴室里。浴室约有四米高,里面除浴缸外,其他什么也没有。

西西用力踹四周的墙壁,希望发出的声音能引起路人的注意。可是,四周的墙壁都是硬橡胶做的,连浴室的浴缸都是硬橡胶做的,所以,无论西西怎么拳打脚踢,硬是没有一点儿声响。

西西折腾了一会儿,浑身冒汗,筋疲力尽了。

"真是热死人了,还是凉快一下再说吧。"他走到浴缸跟前,将水打开,接着把身子泡进去,想好好凉快一下。

就在西西泡在浴缸里,绝望透顶的时候,他发现了一个现象：只见浴室里的水越积越多，水面越积越高。他仔细一看，原来这浴室的门是扇严丝合缝的密封门，门一关死，水一点也流不到外面去。他再观察整个房间。整个房间四周没有窗户，只在房顶有一扇轮胎大小的换气窗用来透气。

"水！阿基米德！太好了！"西西忍不住小声地喊了出来。他迅速将水龙头开大，让自己的身体静静地躺在水面上，漂浮着，漂浮着。

等水快漫到房顶的时候，西西立刻掀开换气窗，像条欢快的鱼儿，游了出去……

智慧小清泉

西西被囚禁在密闭的浴室里，他原本以为没有任何希望了。当他看到浴缸溢出的水，再看看封闭的房间，立刻联想到了阿基米德用浮力原理测试真假王冠的故事，从而想到了利用浮力逃生的办法。

就这样，西西利用水流逃离了封闭的浴室，获得了自由。这是一个学以致用的好例子。

想想看，我们是不是学习了很多可以和日常生活联系在一起的知识？无论是把阳光通过镜子的折射照射到深井里，还是用吸铁石吸铁钉救牛，只有像西西一样将书本上的知识灵活运用到生活中去，我们才不会成为"书呆子"。只有拥有了"学以致用"的智慧，才有可能成为对社会真正有用的人才。

喝不完的水

低头不一定是因为懦弱，
妥协不一定是因为畏缩。
只有懂得适时示弱的人，
才是最大的赢家。

从前，波斯帝国有一个太子，聪明机智。有一年，波斯和阿拉伯交战，太子不幸被俘，士兵们将他押到了阿拉伯国王面前。

"拉出去，杀！"阿拉伯国王立刻下令。

"慈悲的国王啊，临死前，您满足我一个小小的心愿，可以吗？"太子可怜兮兮地哀求着。

"说！"国王看着卑躬屈膝的波斯王子，很是得意。

"我口渴极了，请您让我喝碗水吧，我死后也会感谢您的。"

国王答应了，很快，一个士兵端来了一碗水。可是，王子接过水只是眼巴巴地盯着，就是不肯喝。

"看什么看？喝啊！"士兵呵斥着。

"我害怕啊，万一这碗水没喝完，你们就杀了我怎么办呢？"王子捧着水碗，"扑通"一声跪下了。

"哈哈，放心吧，在你喝完这碗水之前，本王绝对不会杀你。"国王一看波斯王子如此软弱不堪，就随口许了诺。

国王的话音刚落，只听"哗"的一声，聪明的王子倒掉了碗里的水。

"尊敬的国王，这碗水已经洒在您的土地上，我肯定无法喝到了，更何况喝完呢？请您履行您的诺言，可以吗？"王子看着目瞪口呆的国王，不慌不忙地说。

阿拉伯国王一直宣称自己一言九鼎，所以眼下他只能哑巴吃黄连，万分不甘地放了波斯太子。

危急时刻，正是考验一个人应变能力的关键时刻。波斯王子的确很机智，他故作可怜地哀求国王，渐渐使国王对自己产生了同情心。接着他又步步为营，故意表现出贪生怕死的样子，让国王消除了戒备，并骗得国王亲口许诺，最终放了自己。

事实上，有许多人都不愿意暴露自己的缺点，也不愿意向对手低头，因为他们觉得这是件很没面子的事。而且，万一被其他人知道了，肯定会看轻自己的。

其实，放低姿态并没什么丢人的。你要知道，以谦和的态度待人，对方一定不好意思拒绝你的要求，哪怕你的要求对他来说难以办到。所以，放低姿态绝对是一个人无往不胜的要诀啊！

中毒的小白兔

> 关键时刻,
> 善于利用人性的弱点,
> 事情往往会有转机。

雨过天晴,空气真新鲜,小白兔兴高采烈地去森林里采蘑菇。

小白兔一会儿和蝴蝶跳舞,一会儿和花儿玩耍,越走越远,不知不觉已走到了森林的深处。那里长满了蘑菇,一朵又一朵,小白兔手忙脚乱,一边采蘑菇,一边唱歌。忽然,一只毛茸茸的大脚跳到了她面前。

"啊哈,小白兔,哈哈,我跟踪你好久了,你可真是又鲜又嫩啊!"

大灰狼看着小白兔,直流口水。

怎么办呀?情况太紧急了!逃跑?肯定不行,来不及啦!天哪,就这样被大灰狼吃掉吗?

  大灰狼蹲在小白兔面前,露出了锋利的爪子和牙齿。小白兔绝望地快要哭了,她望着一篮子蘑菇……忽然,她灵机一动,顺势滚在了地上。

  "哎呦,哎呦,蘑菇有毒,我要死啦!我要死啦!"

  小白兔躺在地上,边喊边打滚,蘑菇撒了一地。不一会儿,小白兔就躺在了大灰狼脚下,一动不动。

  大灰狼看着眼前的一幕,目瞪口呆。他可不想吃中毒的小白兔,他还想活命呢。于是,大灰狼擦干口水,遗憾地走开了。

  大灰狼一走远,小白兔"嗖"地爬了起来,提上蘑菇篮子,飞快地向家里跑去。

智慧小清泉

小白兔和大灰狼似乎天生就是一对冤家。当善良和凶残交战时,谁胜谁败可不能妄下结论。但是,若一个聪明机智,一个贪生怕死,还没开战胜负就已见分晓。瞧瞧,小白兔以大灰狼"贪死怕死"为突破点,巧妙地演了一场"中毒身亡"的戏,结果,大灰狼只得放弃眼前的"肥肉"。

聪明的小白兔能够胜利逃脱,很大程度在于她适时地展开了"心理战"。

从古到今,靠心理战取胜的故事有很多,"空城计""草木皆兵""望梅止渴""垓下之战"等等,举不胜举。在一些特殊的情况下,摆正自己的心态,从气势上击败对手的"嚣张气焰",击中对手的"死穴",往往能助你一臂之力,甚至让你反败为胜。

绝处逢生

在这个世界上，
没有真正的绝境，
只有暂时的困境和把困境看成绝境的人。

　　从前，有一个很残暴的国王，他处决犯人的方法很特别：先拘留三天，然后抓阄决定其生死。犯人如果抓到的纸条上写"生"，便会立刻被释放；如果抓到的纸条上写"死"，则会立刻被杀头。

　　忠臣李忠向国王进言，希望改变这个制度。国王一听，立刻翻了脸："你敢要求我？来人，打入死牢，三天后抓阄！"

　　朝中，奸臣王祖和李忠素来有仇。于是，王祖就乘机串通执法的官员，密谋在两张纸条上都写"死"。这样，李忠无论抓到哪一张纸条，都是死路一条。

　　三天很快过去了，李忠披枷带锁地被带到金銮殿。

　　国王命令："李忠，抓阄吧。"

大殿上很安静，文武百官的心都一下子提到嗓子眼，有人希望忠臣活着，有人希望忠臣死。

李忠盯着两个纸团，迅速地抓起一个，塞进嘴，吞进了肚里。

当场，所有的人都傻眼了。

国王饶有兴趣地问："李忠，你玩的什么把戏？"

李忠一脸无辜地说："陛下，我在等待上天裁判我的生死。我已做了选择，就是我刚吞下的那张纸。"

谁也不知李忠吞下的是"生"还是"死",但大家清楚地看到剩下的那张纸上是"死",所以,李忠吞下的是"生",他立即被无罪释放。

原来,那天一上大殿,李忠就看见了王祖的奸笑。他猜王祖一定会捣鬼,置他于死地。所以,他才想出这一妙计,最终逃过了一劫。

国王残暴不讲理,奸臣歹毒、心狠手辣。李忠之所以能虎口逃生,得感谢他自己。正是他临危不惧,临乱不慌,面对绝境不绝望的乐观心态救了自己。

从古到今,许许多多伟大的人物,都曾遭遇过困境和绝境。大诗人苏东坡,在官场曾备受排挤,被发配到偏远的地方,连基本的生活都成了问题,可是他始终乐观向上,写下了一首首流传千古的诗文。大音乐家贝多芬,在耳朵聋了之后,依旧没有消沉,没有放弃他的生命——音乐,最终谱写了伟大的《命运交响曲》。

"山穷水尽疑无路,柳暗花明又一村",生活常常是这样。小朋友们,当你暂时没有取得好成绩时,当你在生活中碰到不如意的烦心事时,当你感觉到失败压在你心头时,记得,一定不要过分悲观,不要哀叹绝望,想想故事中的这些人吧,像他们一样乐观地坚持,乐观地迎接挑战!

请打我几枪

面对强大的敌人，
要学会临危不乱，
才能出奇制胜。

卓别林是世界上最著名的喜剧演员之一，他的幽默不仅体现在表演上，还体现在生活中。卓别林智斗劫匪的故事体现了他的聪明机智、遇事不惊的大将风度。

有一天，卓别林拿到片酬，拎着钱回家。这时，天已经黑了，他回家时要经过一段没有路灯的小路。

卓别林一个人走在漆黑的小路上，心里一阵阵发毛，嘴里不停地嘀咕着："千万别遇见劫匪，千万别遇见劫匪。"

"不许动！交出买路钱！"忽然，一声大喝，黑暗中跳出一个彪形大汉，用枪指着卓别林。

真是怕什么来什么。卓别林暗暗叹气，立刻低声下气、哆哆嗦嗦地说："好汉饶命！钱都在这里，请您别开枪。"

劫匪一看他乖乖地把钱交出来了，心里的戒备也就松了。

卓别林趁机一脸可怜地说："大哥，麻烦您在我帽子上打两枪可以吗？这钱是我们老板的，您得让我们老板知道我遭抢劫了，是不是？"

劫匪一听，反正钱给我了，就做做好事吧。于是，他对着卓别林的帽子，"砰砰"开了两枪。

"您的枪法真好。不错，不错。"卓别林摘下帽子，一边看一边夸奖，"您能再往我裤子上打两个洞吗？"

"你真是麻烦！"劫匪不耐烦地说，"砰砰"，又是两枪。

"求您啦，大哥，最后再往我衣服上来两枪，可以吗？最后一次

啦。"

"胆小鬼，你怎么这么多事啊！"劫匪烦了，拿起枪就开，"砰"的一声，咦，枪怎么只响了一下？哈哈，原来没子弹了。

劫匪一下子愣了，卓别林趁这个当儿，一拳挥了过去，打得劫匪一个趔趄。接着，他抢过片酬，拔腿就跑，边跑边喊："哥们儿，回头见啊！"

智慧小清泉

　　黑灯瞎火，卓别林却遇上了劫匪。对方有枪，单打独斗，肯定不是劫匪的对手。于是，卓别林想出了一条权宜之计，他乖乖地捧上了自己的钱，然后友好地请求劫匪帮帮忙，替他制造一个被劫的"现场"。劫匪真以为碰到了胆小的人，岂不知自己正在一步步踩入"圈套"。唉，这个劫匪，真是又蠢又笨！

　　小读者们，你们如果遇到这么强大的敌人，会怎么应对呢？你是会立即屈服？还是转身逃跑？或者是正面对抗？看了卓别林的这个故事，你就知道，那都不是上策。最好的办法就是临危不乱，先让自己冷静下来，开动脑筋，以弱小的姿态跟敌人周旋，将危险降至最低，再伺机给自己寻找逃脱的机会。

逃出城门

> 如果危险是一座高耸入云的大山,
> 随机应变就是愚公手中的利斧。
> 只要善于利用,
> 终能劈开一条阳光大道。

一次,共产党员林刚遇到了麻烦,国民党下令捉拿他。组织上通知林刚迅速转移,可当林刚费尽周折终于到达城门口时,城门口早已严加封锁,戒备森严了。

一个军官正在下令:"你们听好,林刚在城里的身份是彩绸店的老板。他长得富态十足,一眼就能看出是贵人。听好了,看见一脸富贵相的人坚决不能放过,宁可错抓一千,不可放过一个。明白没有?"

士兵齐声回答:"明白,长官!"

哎呀,怎么办呢?林刚走得太急,身上的绸缎衣服还没来得及换。正在这时,有人拍了下林刚的肩膀。林刚回头一看,是李华,我党的一位同志,号称"小诸葛"。

李华向林刚使了个眼色,顺手捡了根树枝,便使劲地抽打林刚,一边打一边吼骂:"蠢家伙,明明是仆人的命,还天天偷我的衣服穿,你以为长得有福就有福了吗?呸!"

林刚一边哭一边躲,李华的枝条抽得越急,他的叫喊声越响。

守门士兵看了他们的丑态,哈哈大笑。直到他们走出了城门,不明真相的守门的士兵们还在嘲笑他们呢。

智慧小清泉

　　共产党员林刚身份暴露了,而城门又戒备森严,怎么办?出了城门,就是艳阳高照,碧草蓝天;留在城内,便将锒铛入狱,命丧敌手。幸好,"小诸葛"及时出现,帮助林刚成功脱逃。

　　那么,"小诸葛"靠的是什么呢?四个字:随机应变。

　　"随机应变"就像一道护身符一样,关键时刻总能显出威力:诸葛亮面对司马懿的千军万马,随机应变演了一场"空城计",保护了一座城池;纪晓岚面对乾隆皇帝龙威大怒,随机应变智解了"老头子",保住了身家性命;周总理面对美国记者的无礼挑衅,随机应变讲了一句玩笑,捍卫了民族的尊严。

　　可见,修炼一身"随机应变"的本领十分必要。所以,大家要多思考,多读有关智慧的书籍,多向古人学习。俗话说"智由心生",只有把自己的脑袋磨炼得灵光了,才能遇事不惊,才能少摔跤、少走弯路。

老龙王吃了个哑巴亏

面对困境,
退一步,
也许就能化被动为主动,
使自己立于不败之地。

相传,东海里生活着一条小金鱼,她聪明伶俐,美丽动人。

这天,老龙王出游时,遇见了迷人的小金鱼,立马就要抢她回龙宫。

情况万分紧急,小金鱼看了看龙王和他的侍卫,说:"龙王,请您先回去准备一下吧。到了晚上,我再去光明正大地做您的新娘。"龙王心花怒放,依了小金鱼。

晚上,龙宫大摆筵席,到处张灯结彩,锣鼓喧天。

新娘子到了,龙王手舞足蹈,情不自禁地去拉小金鱼。

忽然,小金鱼扯下红盖头,迅速地拿出一把刀,对准自己的肚子,"扑哧"一下捅了进去。顿时,殷红的鲜血喷射出来,小金鱼倒在了龙宫的水晶地板上。

老龙王的脸一下子沉了下来,额头上密密麻麻的都是汗水。看来,事态严重了,必须得尽快收拾现场了。

"唉!真是可怜啊!"老龙王叹了口气,假惺惺地说,"如果她能活过来,不娶她也行啊。"

咦,奇迹发生了,老龙王的话音刚落,小金鱼一下子蹦跳起来。在场的宾客一下傻眼了,龙王也惊呆啦。原来,小金

鱼在肚子上绑了一块鱼鳔，里面装满鲜血。刚才，她只是诈死，把刀子捅在了鱼鳔上。

君无戏言。龙王身为东海之王，当着宾客的面也不好反悔，只好吃了个哑巴亏，放走了小金鱼。

智慧 小清泉

老龙王仗势，要强娶小金鱼。机智的小金鱼并没有正面反抗，而是使出缓兵之计，麻痹龙王，给自己争取到了回旋的时间。最终，小金鱼以她完美的计策，成功地逃脱了老龙王的魔掌。

试想一下，如果小金鱼从一开始就正面反抗，结局能这么圆满吗？聪明的小金鱼正是明白了这个道理，所以才以退为进，以守为攻，最终成功解救了自己。

生活中，当我们面对比自己强大的对手，或很棘手的问题时，记着一定不要硬碰硬，不要不计后果地一味正面迎击。就像打拳击一样，一上场就不顾一切向对手出击的人，往往很快就会体力殆尽，败下阵来。相反，只有懂得"攻"和"守"，懂得"退"和"进"，才能保存自己的实力，看清对方的招数和弱点，适时地给对方致命的一击。

智贴标语

最危险的地方也是最安全的地方，
一旦情况紧急，
人容易忽略的，
往往是眼前最明显的事物。

1947年，林森火和大庄担任地下交通员。那年，林森火12岁。

有一天，游击队的同志交给他们一个任务：到镇上去贴宣传标语。

在前往镇子的路上，他们看见远处有两个警察。怎么办呢？身上还带着标语呢！森火左右一看，旁边有一座山神庙。他灵机一动，立即向山神庙奔去。两个警察一看，这两个人跑什么啊？别是小游击队员吧？他们也随即跟了上来。

孩子们一到庙里，就开始寻找放标语的地方。咦，香炉！森火脑瓜一闪，捅了一下大庄，对他使了个眼色，又看了看神像下面的香炉。

　　两个孩子立即爬上神台,扒开香炉,把标语埋进去。然后,两个孩子转到庙后,假装拉屎。

　　这时,警察已经来到庙里,他们这里翻翻,那里踢踢,什么也没有找到,就恶狠狠地瞪了他们一眼,走了。

　　林森火和大庄坐在庙门口下棋,直到看不到两个警察的踪影,他们才拿出标语,向镇上跑去。

　　深夜,林森火和大庄趁着夜色贴标语,很快就把标语高高地贴在墙上。第二天,森火挤在看标语的人群中,听着大家热情地议论游击队,心里甭提多高兴啦!

智慧小清泉

小交通员林森火和大庄，去镇上贴宣传标语，不料途中遇到了"警察"，这下情况糟糕了。急归急，阵脚不能乱，果然，聪明的林森火很快想出了对策。他们将标语藏在了庙里最显眼的地方——香炉下，从而躲过了"警察"的大搜查。

战争年代，小英雄机智脱险的故事不胜枚举，如雨来、张嘎、海娃，他们人小胆大，智谋多多，不仅能顺利完成任务，还能全身而退，真是了不起！

最危险的地方也最安全的，这是放之四海而皆准的真理。可是，要做到这一点并非易事。想想看，当你把一件非常重要的宝贝毫无顾忌地放在敌人面前的时候是什么感觉？肯定心跳加速，顾虑重重，说不定会立刻跳出去，在敌人未发现前自乱阵脚。因此，平时要多多锻炼自己的心理素质，运用的时候才能不露声色哟！

逃出魔掌

一计不成,再生一计。
只要懂得变通,
世上没有解决不了的问题。

在一个天气晴朗的星期天,小华和妈妈一起去公园游玩。

走着走着,妈妈忽然肚子疼了,就说:"小华,你在这里等会儿,我去上个厕所。"

于是,小华就站在竹林边等妈妈。不一会儿,来了一个瘦个子中年人。他左右看看,发现周围没人,就对小华说:"小朋友,你想吃糖吗?"说完,他从口袋里掏出几块牛奶糖。

小华想了想,看了看陌生人说:"啊,叔叔,我刚吃过糖块。"

"那你想玩过山车吗?特刺激的那种。"陌生人继续引诱道,"跟我走吧,我带你去。"说着,陌生人开始拉小华了。

小华有点儿着急,就想哭。可是,他想起妈妈说过:"哭是最

没用的表现,聪明的小朋友应该随机应变,解决遇见的难题。"

这时,小华一下子不慌了,满面笑容地说:"叔叔,我要尿尿。喏,那边有个厕所,您送我去厕所,回来我就跟您走,可以吗?"

瘦个子想了想,怕小华哭闹引来人,就嘟囔着:"好吧,不过你得快点儿。我就在厕所外面等你。过山车游戏一会儿就没有了。"

远远地,小华就看见妈妈向他走来。"妈妈,妈妈,我来接您啦。"小华飞快地跑向妈妈。陌生人一看,拔腿就跑,像兔子一样一溜烟儿就不见了。

智慧小清泉

瘦个子想拐骗小华,小华虽然识破了骗子的诡计,但面对"武力"远远高于自己的大人,打又打不过,逃又逃不掉,只能智取。小华明白这个道理,于是撒了一个谎,让骗子也上了当。

在生活中,问题和办法就像一对双胞胎,也就是说,解决问题的办法总是有的。美国总统肯尼迪说过:"是人制造出来的问题,人就可以解决,人没有解决不了的问题。"

所以,请记住:无论何时何地,没有真正的绝境,只有暂时的困难。只要你不把困难看成绝境,只要你在努力想办法,办法就一定会比问题多!不相信的话,就去做做试题试试看吧。多转换几个思路,是不是就可以解开那些在你看来原本无法解决的难题了?

西蒙·福格求职

*一时的拒绝会令人灰心沮丧，
但是，只要自信还在，
成功的大门依然在为你敞开。*

英国《泰晤士报》总编西蒙·福格先生，年轻的时候曾创造过一个求职神话，一直被传为美谈。

当年，西蒙·福格刚刚从伯明翰大学毕业。毕业的第二天，他便敲响了《泰晤士报》总经理的大门。经理被无端打扰，接待他的时候一脸冷漠，而他却一直礼貌地保持微笑。

"请问先生，你们需要编辑吗？"

"不需要！"

"记者呢？"

"不需要！"

"那么排字工，或者校对员呢？"

"不,都不需要,我们现在什么空缺职位也没有。"

"那么,你们一定需要这个了。"说着,福格从包里掏出一块精致的牌子,上面写着:"本报社暂不招人。"

当场,经理被这个年轻人的举动惊得目瞪口呆。结果,西蒙·福格被破格留用。最初,他在报社干宣传工作。后来,他凭借自己的聪明才智,为报社贡献出一个个好点子,他也由此得到一步步提升,直至坐到总编辑的位置。

智慧小清泉

自信就像一根柱子,能为我们撑起青春的天空;自信就像一片阳光,能为我们照亮前进的道路。

西蒙·福格之所以能坚定地站在总经理面前,执着地自荐,很大程度源于他的自信。正是他那坚定的自信心,让他一点点绽放出自己的光芒;正是他的自信,深深震撼了总经理,为自己争得了一次机会。

每一桩伟业,都是由自信开始的。试想一下,如果农夫不相信田里会长出庄稼,科学家不相信宏伟的蓝图,艺术家不相信精神的力量……那么,我们的生活将是什么样子?困惑、迷惘、苦闷、死气沉沉,甚至,比我们想象的还要糟糕。

所以说,无论什么时候,一个人都不能失去自信。自信是一个人生命中最重要的东西。有了自信心,背诵单词会更快;有了自信心,解答数学题会更轻松。因为有自信这个强大支柱支撑着你,相信自己一定可以得到想要的结果。瞧,这就是自信的魅力,足以影响每个人的一生。

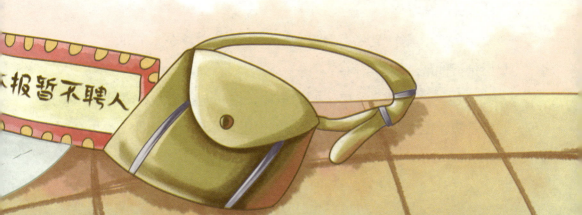

解铃还须系铃人

真正聪明的人，
不会把简单的事情复杂化，
也不会把复杂的事情简单化。

南朝时期，金陵城的清凉山上有一座寺庙，住持是佛学大师法眼。

法眼大师弟子众多，其中有一个名叫泰钦的小和尚，他博闻强记，非常聪明。但是，大家都不怎么喜欢他，因为他行为随便，不拘小节，常常偷偷下山到镇上喝酒吃肉，然后醉眼蒙胧地摸回庙里。然而，住持法眼却看出泰钦的与众不同，非常器重他，认为他长大后必能成为一代高僧。

一天，泰钦又喝得醉眼蒙胧地回到寺庙。众弟子非常气愤，纷纷指责他是佛门的不肖弟子。

住持法眼制止了弟子们的争吵，说："按寺规，泰钦应该被逐出寺院，但看在他学法还算勤奋的份上，本座就再给他一次机会吧。

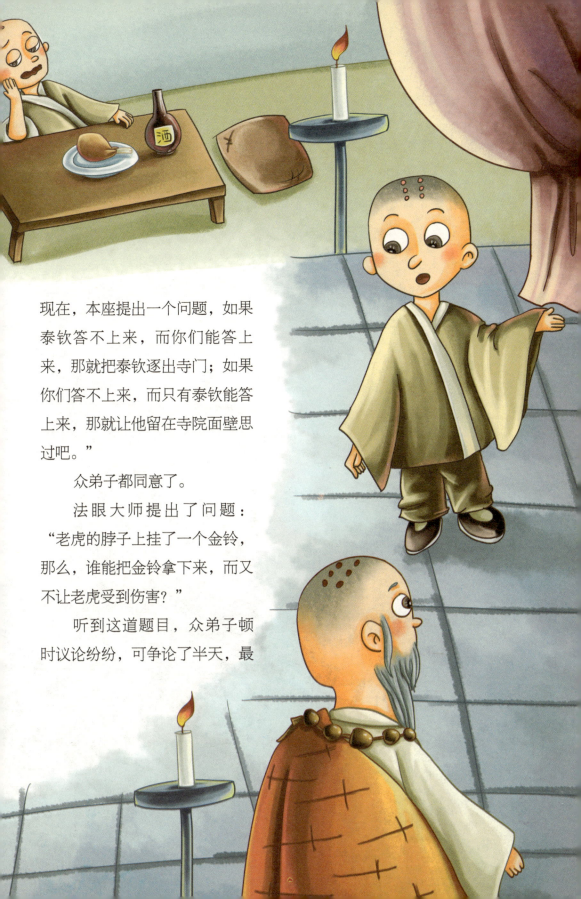

现在,本座提出一个问题,如果泰钦答不上来,而你们能答上来,那就把泰钦逐出寺门;如果你们答不上来,而只有泰钦能答上来,那就让他留在寺院面壁思过吧。"

众弟子都同意了。

法眼大师提出了问题:"老虎的脖子上挂了一个金铃,那么,谁能把金铃拿下来,而又不让老虎受到伤害?"

听到这道题目,众弟子顿时议论纷纷,可争论了半天,最终也没人能答上来。

这时,泰钦站出来说:"师父,弟子能答这道题。"

众弟子瞧着醉眼蒙胧的泰钦,根本不相信他能答上来,都忍不住嘀嘀咕咕、冷嘲热讽起来。

法眼大师却仍然很镇定,微笑着说:"你来答吧!"

泰钦随即高声答道:"解铃还须系铃人。"意思就是说:谁把金铃挂在了老虎脖子上,谁就能把金铃解下来。

法眼大师听了,点点头,赞赏地说:"完全正确。"然后,法师转头对众弟子说:"这下你们服了吗?不能因为泰钦的不拘小节就小看了他啊!他是一个颇有慧根的孩子,只要好好修行,假以时日,肯定能够大有作为。"

泰钦听了,也意识到自己的错误,向法眼大师保证自己要痛改前非。果然,泰钦以后的行为检点了很多。

后来,由于泰钦悟性极高,又一直苦心钻研佛法,终于修炼成为一代高僧。

"谁能把金铃拿下来,而又不让老虎受到伤害?"法眼大师的这个问题一下难倒了责难泰钦的众位弟子。众人都纠结在"拿金铃""老虎""受伤害"等几个字眼上,一时找不到答案。唯独泰钦却回答得简单利落:解铃还须系铃人。几个字简简单单,而又极富哲理,一直流传到了今天。

在一个聪明人的世界里,生活往往是透明的,清一色的"因"和"果"、"病"和"症"。只要能找到"系铃人",就一定能找到"解铃人"。这样,一切问题都清清楚楚,简简单单。

想想,有的时候我们是真的撞到难题了,还是我们在原地绕了五百圈,自己把问题想复杂了?其实,生活中的烦恼多数是我们"庸人自扰"罢了。只要抓住问题的关键点,带出一个又一个简单的小点,一切都可迎刃而解了。比如一道复杂的数学题,将好多个基础知识点糅合在一起。你只要找出问题的关键所在,通过一步步简单的运算就可以轻易做出来了。

咏絮才女

> 智慧是一粒种子。
> 你可以很容易知道一个苹果里面有多少粒种子，
> 但是你很难知道一粒种子可以结出多少个苹果！

东晋时期，有一个才女叫谢道韫。她从小聪明好学，读书比众位兄弟姐妹都要用功数倍。当她年仅十岁时，便能吟出优美诗句。谢道韫的叔父谢安是一名儒将，常常与子侄们一起吟诗作赋，谈论文章。

一天，正值三九严寒，谢安又聚集小辈们谈论诗书。正当他们谈得高兴时，有人喊了一声："下雪了！"

众人朝窗外望去，果然满天一层阴云，无数洁白的雪花纷纷扬扬地落下，煞是好看。谢安有心试探一下晚辈们的才学，伸手指着飘落的雪花吟道："白雪纷纷何所似？"

子侄们明白叔父的用意，知道他又要试探他们的学问了，都暗自寻觅佳句。过了一会儿，侄子谢朗秉性好胜，抢先吟诵："撒盐空中差可拟。"

谢安摇摇头，点评道："盐和雪都是白色，以盐比雪，不能说错，但雪能随风飘舞，盐如何舞得起来？"

接着，又有几位小辈各试身手，可惜不是字词低俗，就是比喻不当，谢安都不甚满意。正当谢安倍感失望的时候，幼小的谢道韫起身吟道："白雪纷纷何所似？未若柳絮因风起。"

"好！"谢安听了，鼓掌叫绝，"未若柳絮因风起。好！好！柳絮因风起舞，恰似白雪纷纷从空中飘落，真是形似又神

似，再贴切不过的绝好妙喻！侄女文采过人，日后必成大家！"

此后，谢道韫不负谢安期望，勤读书，多习作，终于跻身于古代著名女诗人之列。此后，人们称有文学才能的女子为"咏絮之才"。

"白雪纷纷何所似？未若柳絮因风起。"谢道韫的一句比喻，简单而又形象，一语道出了雪的形态和姿态，她也因此拥有了一个永恒的才名。我们叹慕的同时，会不会想起她寒灯苦读的身影？

"断织教子"的故事大家都知道吧，那位伟大的母亲（孟母）告诉儿子（孟子）：读书不持之以恒，就像没有织成的布匹一样，没有一点儿用处。从那以后，她的儿子不再贪玩，不再偷懒，起早贪黑，刻苦读书，后来成为了与孔子齐名的大思想家。

天地间，学问和智慧是取之不尽、用之不竭的。然而，求学是没有捷径的，非静下心来，潜心攻读不可！大家钦佩得五体投地的大家们，如司马相如、匡衡、李贺、鲁迅，他们都是这样在自己的头脑中种下一粒一粒智慧的种子，而后，开出了一朵朵艳丽的智慧之花，跻身于智慧名人之列。

王戎识李

细致的观察能发挥四两拨千斤的作用。不懂观察,空有一身蛮力也是白搭。

西晋人王戎,自幼聪明过人,官至宰相,是闻名天下的"竹林七贤"之一。

王戎7岁的时候,有一天,和几个小伙伴到城外游玩。正当他们玩累了、口渴了的时候,同行的一个小孩发现不远处的路边有一棵李树。那棵李树不高,挂满了果子。

"嘿,太好了,大家快来抢李子吃啊!"那小孩一声高呼,众位小伙伴便一哄而上,挤开瘦弱的王戎,争先恐后地朝着李树跑去。只见王戎淡淡一笑,连看都不看那棵李树,依旧停在原地休息。

李树下,大家你抢我夺,争着往自己的口袋里装李子。一个小孩比较有力气,他抢先爬到了树上,得意地向王戎招手:"喂,王戎,

一会儿就没你的李子了!你还愣着干嘛,快来啊!"

王戎不紧不慢地说:"那树上的李子是苦的,不能吃!"

"谁说的?你自己吃不着才这么说吧?"有个小孩冲王戎吼了一声,然后咬了一口李子,随即便又吐了出来,"呸!呸!啊啊,还真苦!"

"你摘的那个李子肯定是坏的。"其他小孩子还是不信,各自拿出自己摘的李子吃了起来,直到他们尝到了苦味,才气恼地丢掉自己抢来的李子。然后,他们围着王戎,疑惑地问:"为什么你知道李子是苦的？你以前来吃过吗？"

"我和你们一样，第一次来啊。"王戎不慌不忙地说，"不过，我看到这棵李树长在路边，既没有主人，又顺手可摘。你们想想，如果李子是甜的，是不是早就被人摘光啦！"

"哦，原来如此啊！"其他小孩听了，似有领悟，一个个点着头，对王戎佩服极了。

王戎7岁便具有了"审时度势"的机智，为什么呢？因为他处处留心，善于观察，勤于动脑筋，这就是聪明人的不凡之处。

这里有两个考察观察力的问题。

1.两个花瓶里分别装着一束美丽的鲜花，其中有一束是玉雕的假花。你能想出一种轻松的办法，识别两束花的真假吗？

2.你一定见过鱼吧，那么，你有没有发现鱼有什么奇怪的地方？

关于第一个问题，所罗门是这么解决的，他打开窗子，请来一群蜜蜂替他作答。第二个问题，亚里士多德的一班学生对鱼进行了细致的观察，只有一个学生发现了独特之处：鱼没有眼皮。

这就是观察的魅力！只要你细心观察，就会发现生活中有很多奥妙、很多惊喜。

匡衡凿壁借光

风筝能飞向高空,
是因为借助了风的力量;
小船能在江河里飘荡,
是因为借助了水的浮力;
每一个成功的人,都善于"借光"。

西汉时候,有个叫匡衡的小男孩。他非常喜欢读书,可是因为家里很穷,根本就买不起书,只好借书来读。

在那个时候,书是非常贵重的物品,有书的人不肯轻易借给别人。匡衡就在农忙时节,给有钱的人家打短工,他要求的报酬很奇怪,不要工钱,只求人家借书给他看。

过了几年,匡衡长大了,成了家里的主要劳动力。他一天到晚在地里干活,只有中午歇息的时候,才有工夫看一点书,所以一卷书常常要十天半月才能够读完。匡衡很着急,心想:白天种庄稼,没有时间看书,那我就得多利用晚上的时间来看书啊。

可是,匡衡家里很穷,买不起点灯的油,这可怎么办呢?匡衡顿时又陷入了愁苦之中。

有一天晚上，匡衡正躺在床上背诵白天读过的书。背着背着，突然，他发现东边的墙壁上透过来一线亮光。他"嚯"地站起来，走到墙壁边去，仔细一看，啊！原来从墙壁缝里透过来的是邻居家的烛光。

"嘿，有办法啦！"匡衡猛地一拍脑袋，乐呵呵地拿出一把小刀，轻轻地把墙缝又挖大了一些。这样，透过来的光亮也就更强了，直到亮光可以看到书上的字，他才停下手，借着透进来的烛光，用心读起书来。

匡衡就这样借助邻居家的烛光，刻苦学习，后来终于成了一个很有学问的人。

智慧小清泉

小匡衡凿开墙壁,借助邻居家一丝微弱的烛光来读书,最后成了有学问的人。他的智慧在于懂得借助外力。

风筝能飞向高空,是因为借助了风的力量;小船能在江河里飘荡,是因为借助了水的浮力;牵牛花能在春天微笑,是因为借助了篱笆的支撑。成大事者往往善于利用身边的事物。诸葛亮草船借箭,曹冲用船称象,司马光砸缸……他们的成功哪个不是因为借助了外力呢?

想想我们自己,如果某门功课学得不好,何不借助一下学习好的同学的力量呢?请他们给自己提供一些有效的方法,让自己少走一些弯路。要知道,"骑马的人,并非是飞毛腿,却能走上千里;乘船的人,并非善于游泳,却能渡江过河。"戴上成功花环的人,大多是懂得"成功"是需要借助外力的人。

北风和太阳

竞争无处不在，但切记，
千万不要逞匹夫之勇，
温和往往比强迫更为有效。

北风和太阳原本是一对好朋友，常常一同到人间玩耍。一天，他们为了一件小事，你一言我一语地争吵了起来。

北风骄傲地说："我最厉害，人们都怕我。"

太阳也不甘示弱："我才是最厉害的，大地万物都离不开我温暖的阳光，他们都要依附于我。"

他们争来争去，谁也不服气，没办法，那就各自露一手，较量一番吧。

北风望着路上来来往往的行人，提议说："这样吧，我们也别争了。如果谁能让行人先脱下衣服，就算谁厉害！"

太阳听了，痛快地答应了。

北风趾高气昂地披甲上阵了,他先刮来一股凛冽的寒风,顿时风沙漫天,人人叫苦连天。可是,路上的行人却没有一个脱下衣服表示屈服的,他们一个个都拼命裹紧了衣服。北风见了,很生气,拼命鼓着劲地吹,可是风越大,行人就把自己裹得越严实,一点儿也都没有要脱衣服的意思,甚至,有的人还不住地往身上添加衣服呢。

北风一阵瞎忙活,累得气喘吁吁的,可是毫无办法。最后,他只好气呼呼地败下阵来。

这时,太阳不慌不忙地出来了。他露出温和的笑脸,安抚刚刚被北风吹过的行人。阳光暖暖地照在行人身上,不一会儿,行人渐渐地出了汗,纷纷解开了扣子。后来,阳光越来越暖,行人们不约而同地脱掉了外衣。

智慧小清泉

北风先生和太阳先生一比高下,结果北风先生败下了阵。北风先生输得口服,心却不服,明明谁都目睹了他的凶猛威力啊!为什么那些行人不乖乖地听他的号令,脱掉衣服,让他赢得胜利呢?

生活中,同一件事采用不同的方式去做,效果很可能就是这样截然相反。也许我们一切都做了,只是态度有点生硬,结果惹得朋友伤心;也许我们已经表达了自己的好意,只是表达方式不妥当,反而被人误解;也许我们已经知错了,只是又顶了一句嘴……明明不应该是这样的结果。

常常,我们会像北风一样苦恼、委屈和不解。反省一下,我们可能会发现,正是自己的粗鲁或不恰当的方式,将一场对话变成了一场对抗。我们一直在试图表达自己,但我们始终不明白——"温和"才是最具说服力、感染力和号召力的。

牧师和花园

一根筷子轻轻被折断,
一把筷子牢牢抱成团。
一群抱成团的人,
就能创造一个惊人的奇迹。

有一位牧师十分热爱园艺,他在自家的花园里种了一片美丽的鲜花。可是,这片美丽的鲜花却给他带来了麻烦。

原来,花园外是一条马路,每天都有一大群上学的孩子从这里经过。孩子们喜欢花,经常顺手采摘。因而,满园的花刚一开,就不见踪影了。看来,牧师不得不想办法制止这些淘气的孩子们喽。

一天早晨,牧师站在花园旁,静静地等待着孩子们的到来。不一会儿,上学的孩子们来了,一个小男孩走近牧师,小声问:"敬爱的先生,我能折一朵花吗?"

牧师一脸温和地说:"当然,你想要哪一朵呢?"

小男孩挑来挑去,最后指着一朵郁金香说:"就这一朵吧!"

"好的,现在这朵花归你了。"牧师弯下腰,认真地在花枝上做着记号,"可是,如果你把花留在这儿,它还能开好几天。如果你现在折了它,玩一会儿它就蔫了。孩子,你看怎么办才好呢?"

小男孩想了想说:"我想,还是让它留在那儿吧,这样放学后,我还能再看看它。"

"好的。"牧师微笑着回答。

那天,前后大概有二十个孩子,向牧师索要了花,牧师也都点头答应送花给他们。当然,牧师也同样问了他们一个问题——将花留在树上,还是摘走?结果,没有一个孩子愿意把自己心爱的花摘下来。反而,他们每天都要来看望自己的那朵鲜花,保护它不被别

人摘走或受到伤害。

就这样，在那个春天，牧师把整园的鲜花都送给了孩子们，却奇迹般没有丢失任何一朵鲜花。

如何保护花园里的花不被随意采摘呢？常人一定会说，建一道墙或者围铁丝网，把花园圈起来；或者竖一个牌子，警告采花者。然而，牧师没有这么做，他没有采用什么极端的方式，只是把鲜花一朵朵送给孩子们，便将自己的苦恼轻松化解了。要知道，当孩子们一个个成了鲜花的主人，谁还会随手摘折自己心爱的花朵呢？他们只会更加尽心尽力地保护自己的花朵。

聪明的牧师正是这样将"保护鲜花"的任务，轻而易举地分摊给了一个个"采花者"。

的确，这是一个绝妙的办法。一个人的主动，总抵不过一群人的主动。如果你是一名班干部，该知道怎么做了吧。想想，当大家满心欢喜、齐心协力做一件事时，怎能不成功？要知道，很多时候我们碰到的事情并不难做，仅仅是因为我们缺少团结，缺少一些主人翁的热情和责任感而已！

三枚邮票

> 如果一种东西俯拾皆是，
> 那它也没有什么太大的价值；
> 如果你拥有别人都不会的本领，
> 那你一定会脱颖而出。

一天，一个收藏家把自己收藏多年的三枚珍贵邮票拿去拍卖。

会场上，拍卖师刚讲完邮票的年代与类型，一名寻宝者便开出了高价。只是很遗憾，他给出的高价距收藏家的底价还差了一截。收藏家坚持不肯出卖，当然，在他坚持的同时，寻宝者也在坚持着。于是，两人你来我往几番讨价还价后，依旧无法最后敲定价格。

这时，只见收藏家从兜里掏出一个打火机，烧掉了其中一枚邮票。寻宝者一看，不禁心疼了。心疼之余，寻宝者不得不把自己的出价抬高了一些，可是仍然低于收藏家的底价。

谈判再一次陷入了僵局。

这时,收藏家竟然不再和寻宝者争执,只是缓缓点燃了第二枚邮票。

这下,寻宝者终于忍不住大喊道:"也罢!也罢!我出你要的那个价钱!"

"不,"收藏家摇了摇头,"最后这枚邮票你得出四倍于原价的价钱。"

"为什么?刚刚你三枚邮票也没卖到这个价啊!"寻宝者大喊。

"没错。"收藏家微笑着说,"但是,你应该明白,如果这样的邮票有三枚,它们的价值将远远不如只

有一枚。因为相对于'珍贵'来说，人们更喜欢'绝世'。"

的确，绝世是个相当有诱惑力的词。最终，这个寻宝者横下心来，以四倍于原价的天价买下了那最后一枚绝世邮票。

在今天，"讨价还价"是再平凡不过的一件事了。"买家"和"卖家"谁都不愿吃亏，往往只能相互力争。然而，故事中的这个收藏家，却采取了另一种态度，他不动声色地一件一件毁掉了自己的珍贵商品，直到逼得寻宝者自己喊出高价。收藏家的极端行为，看似冒险，却绝对符合商业规律——"物以稀为贵"。

一枚邮票，从"珍贵"到"绝世"就是这样产生的。伴随着的是，它的价格由"高价"变成了"天价"，这就是"独一无二"的魅力。

生活中，每一个人都是独一无二的，这是事实。然而，大多数人碌碌无为，只有少数人硕果累累，这也是事实。

如果你的英语口语能力出众，那么有外宾来学校参观，你肯定位居接待者之列；如果你跳的舞蹈没有别人可以代替，那么学校举办演出，上场的舞蹈演员自然非你莫属……无数的"如果"告诉我们，如果想让自己的人生格外成功，就只有让自己出类拔萃，成为"独一无二"的佼佼者！

周恩来总理智对记者

说话是一门深奥的学问，
巧妙地说话不但可以揶揄那些别有用心的人，
还可以解除一场危机。

周恩来总理在外交上以聪明机智闻名全世界，他的人格魅力迷倒了全世界人民。新中国刚建立时，中国还不是很富裕，西方资本主义国家总是刁难中国。

一次，周总理接受记者的采访，一名美国记者不怀好意地问：

"总理阁下,中国人为什么把人走的路叫马路呢?"

周总理听后,微微一笑,说:"我们走的是马克思主义道路,所以简称马路。"

"那中国人走路为什么总低着头呢?要知道,在我们美国,人们都是昂首挺胸地走路的。总理阁下,这又该怎样解释呢?"另一名美国记者紧接着又提了一个刁钻的问题。

"这一点都不奇怪啊。"周总理依然微笑着说,"道理很简单嘛,你们在走下坡路,当然要昂着头走路了,而中国人走的是上坡路,低头是理所当然嘛。"

"那么,总理先生,中国现在有好几亿人口,这么多人的生活非常麻烦,请问贵国需要修多少个厕所呢？"又一名美国记者立刻跟上来，穷追不舍地提问，似乎存心要周总理出丑。

问题如此无礼，真是故意刁难。可是，周总理依然镇定自若，微微一笑，不慌不忙地说："两个！一个男厕所，一个女厕所。"

几名美国记者面面相觑，垂头丧气地退到了一边。

美国记者们别有用心，提出一个个刁钻古怪的问题，存心想侮辱我们的国家，着实令人气愤。可是，我们敬爱的周总理却神情自若，以机智幽默的话语，打击了美国记者的嚣张气焰，维护了我们国家的尊严。这就是机智的魅力，这就是语言的力量。

几千年前，埃及的一个法老对他的儿子说："当一个雄辩的演说家，你才能成为一个坚强的人。舌头就像一把利剑，演说比打仗更有威力！"

的确，一场智斗就能免去国家间的争战，就能为万人谋得福利……生活中，一个会说话的人，也会赢得周围人的喜爱与赞叹。赞美老师、团结同学、体谅家长，一句令人感动的话语常常可以瞬间拉近相互之间的距离，让生活变得更加美好，人与人之间更加和谐。

张胜一笔救人

一字是小,一命是大,
原本世上没有小事和大事之分,
只有一心一意和三心二意的人。

从前,有个讼师叫张胜,专帮穷人打官司。

一次,流氓刘金宝故意找茬,欺负农民阿林。阿林气不过,两个人就打了起来。那刘金宝有些武功,三拳两脚就把阿林打了个半死。阿林妻子一下子慌了,随手拿起一把斧头朝流氓劈去。谁想这一斧头正好劈在刘金宝致命的地方,竟一下把他打死了。于是,官府把阿林夫妻抓进了县衙。

一帮穷乡亲请讼师张胜去为阿林主持公道。张胜翻开案卷,只见上面写着:阿林妻子见丈夫被刘金宝打伤,情急之下,用斧子劈死了刘金宝。

张胜一想,如果按照这个结论,阿林妻子一定会被判故意杀

甩斧子劈死

人,砍头示众。于是,张胜对判案的法吏说:"刘金宝是一个十足的流氓,阿林妻子是为了自卫才动了斧子,按情理应该轻判,请大人手下留情。"

法吏为难地说:"案卷已经盖上了官印,不能更改啦!"

张胜说:"小人倒有一法,只需动一笔,即可救人一命。"

这名法吏一向以秉公执法而闻名,为官清廉,对老百姓有强烈的同情心。于是,他便将案卷递给了张胜:"本官也同情阿林夫妻,讼师果真能一笔救人,就请吧!"

张胜拱手道谢,提笔将"用斧子劈死"中的"用"字,改成了"甩"字。"用"是故意杀人,可"甩"就另当别论了。

法吏一看,拍案叫好:"讼师真是改一字救一命啊!"

智慧小清泉

仅仅改动了一个细节,就挽救了一条生命。可见,把握住细节是多么重要。的确,现实生活中细节决定成败的案例数不胜数。1930年的中原大战,由于冯玉祥将军的一位作战参谋在拟定命令时,粗心地把河南北部的"沁阳"写成了河南南部的"泌阳",而使阎、冯联军处处被动挨打,最终惨败于蒋介石之手;英国流传着一个很沉重的故事,即英王查理三世的逊位史实:少了一个铁钉,丢了一只马掌;少了一只马掌,丢了一匹战马;少了一匹战马,败了一场战役;败了一场战役,失了一个国家。

生活是一幕大戏,我们往往抓大忘小,忽略了细节,殊不知好多时候细节已悄悄改变,决定着全局。所以,从某种意义上说,生活是由一个个细节组成的,小小细节的背后才是满满的人生、事业和幸福。写错一个字,或者算错一个数,都可能让我们付出惨重的代价。只有做一个有心人,才能抓住生命中的一个个感动,才能发现生命中的一个个惊喜。

机灵鬼灌水取球

只有敢于突破，
勇于尝试新的方法，
才有可能解决问题，
改变自己的命运。

宋朝时候，有一个小孩叫文彦博，他聪明过人，脑袋里常常会冒出一些新奇的点子。

一天，文彦博和小伙伴们去郊外的一处空地上踢球，几个孩子玩得非常高兴。可是，正当大家踢得尽兴时，突然，一个小孩不小心将球踢向了旁边的一棵老树。

"小心！那里有个很深的树洞！"有人大声提醒。

于是，大家飞快地奔过去，想把球截住。可是球滚动的速度太快了，孩子们只能眼睁睁地看着球滚进了树洞里。

"怎么办？这树洞黑乎乎的，什么也看不见。"有个小孩趴在地上，看着树洞说。

"让我看看。"另一个小孩说着，蹲下去，趴在地上，将胳膊伸进洞里，试图把球取出来。可是他的胳膊太短了，摸来摸去也够不到球。

这下子，大家都犯了难，你看我，我看你，谁也不知道怎么办才好。

"我去找大人来帮忙吧！"那个趴在地上取球的小孩说完，就赶快跑去找救兵了。过了一会儿，他拿来一根长竹竿，后面还跟着几个大人。

那几个大人也试图把手伸进洞里去，可是，树洞太深了，他们根本就够不着球。于是，他们又拿出竹竿，想把球拨出来，但是树洞是弯的，又直又硬的竹竿根本就派不上用场。大人们尝试了好几种方法都失败了，最后，他们只好摇摇头走开了。

这下没的玩了，小伙伴们都失望极了，一个个垂头丧气的。这时，一直站在旁边观看的文彦博

突然喊道:"我有办法啦!大家快去附近提几桶水来!"

伙伴们虽然不知道他葫芦里卖的什么药,但还是照办了。接着,文彦博和小伙伴们一起把桶里的水往树洞里灌。不一会儿,树洞就被灌满了,球也忽忽悠悠地浮了上来。小伙伴们看见失而复得的球,开心地叫着喊着,又玩耍了起来。

智慧小清泉

球掉进树洞里了,大家想尽了办法,用手捞,用竹竿拨,可结果全失败了。只有聪明的文彦博打破固有的思维,想到了灌水取球的办法,最终取回了球。

有一则寓言用到的法子和文彦博的办法有异曲同工之妙。寓言讲的是乌鸦喝水的故事:一只小乌鸦好不容易才找到一瓶水,可是瓶子很高,瓶口又小,里面的水也不多,它根本就喝不到。于是聪明的乌鸦衔来一个一个的小石子,扔进瓶子里,这样,水位渐渐升高了,小乌鸦终于喝着水啦。

想一想,如果是你遇到这种情况,你会怎么办呢?有没有想到好法子呢?其实,想取得妙法的途径非常简单,只要我们开拓思维,打破固有的束缚就可以了。我们在生活和学习中遇到用常理无法解决的困难,千万不要退缩。要开动脑筋,换一种思维方式尝试一番。记住,只有敢于想别人之不敢想,做别人之不敢做,才能有更广阔的发展空间。

吃"墨水瓶"的人

困难与折磨对人来说，
是一把打向坯料的锤，
打掉的只是脆弱的铁屑，
锻成的将是锋利的钢刀。

1895年12月，列宁被沙皇政府逮捕了，关在一间单人牢房里。

牢房黑暗而潮湿，在这样的环境里，列宁仍然坚持学习。他托付家人送来许多书，并在读书的同时，想写一些传单和小册子，指导监狱外边的革命斗争。

然而，想在监狱里写秘密文件，谈何容易？那个恶狠狠的看守一直在监视着列宁。秘密一旦被看守发现，不但会延长列宁坐牢的期限，还将威胁到其他革命人员的安全。怎么寻找一个比较安全的办法呢？列宁一直在思考着这个问题。

监狱里的环境十分恶劣，不久，列宁患病了。列宁的母亲托了很多关系，才被允许每天给他送一瓶牛奶补养身体。

有一天,列宁正一边看书一边喝牛奶,一不小心,几滴牛奶洒在了书上。他赶快用袖子去擦拭,突然,他发现纸面上出现了一道道牛奶的痕迹。咦?牛奶还可以"写"东西?这下列宁来了兴致。

他兴冲冲地开始尝试,用一根细细的牙签沾着牛奶在书的空边上写字,牛奶干了什么都看不出来。可是,怎么才能看到写出的字呢?列宁琢磨了很久,用很多办法尝试,后来偶然发现,写好后的牛奶字用蜡烛一烤,立刻就能看到茶色的字迹了!

有了牛奶"墨水",他开始在家里送来的书的空白页上写文件。为了防止看守们注意,他又用黑面包做了个"墨水瓶",把牛

奶倒在"墨水瓶"里。这样看守一来,他就立刻拿起"墨水瓶",装作吃饭的样子,从容地把"墨水瓶"吃掉。

后来,列宁在自己特制的"墨水瓶"和"墨水"的掩护下,写了许多秘密文件。文件上的那些"牛奶字"指导着外边的人们继续抗争,给革命带来了深远的影响。

黑暗的牢房、严密的看管,监狱里的环境是那么恶劣。然而,这些困难并没有把列宁吓倒,他勇敢地和它们斗争:坚持读书看报,甚至用"墨水瓶"里的牛奶写秘密文件。一旦看守进来,就大口吃掉"墨水瓶"。正是这种艰苦环境的锻炼,让列宁的革命意志更加坚定。

在人生的道路上,谁都会遇到困难。大家在学习中难免遇到一些挫折。懦弱的人可能一下就被困难吓得萎靡不振了,而坚强的人只会把这些挫折当作锻炼自己的炼炉。让自己每经历一次苦难就比以往增加一份经验,思想日益成熟,智慧日益出众。鼓足勇气在困难的大炼炉里好好锻炼吧,一旦锻炼成钢,你就是英雄,就是生活的强者。

东方朔智答汉武帝

机智是漫长时间里智慧沉淀的结晶。
只有广泛积累智慧,
才能在遇到问题时迎刃而解。

汉武帝时,宫中有个谋士叫东方朔,凭借三寸不烂之舌,令人佩服至极。

有一次,汉武帝在朝上说:"《相书》上有一句话说得很对,'人的人中如果长一寸,就可以活到一百岁。'"

满朝的文武官员听了,都点头称是:"对!对!对!皇上所言甚是!"

唯有东方朔哈哈大笑。汉武帝脸一沉:"爱卿为何笑朕?难道朕说得不对?"

东方朔摇头说:"我哪里是笑陛下,我是在笑彭祖!"

汉武帝不解:"彭祖有什么好笑的呢?"

东方朔不慌不忙地说:"传说彭祖活了八百岁。如果《相书》里的话果真准的话,那么彭祖的人中就应有八寸长,那么他的脸就该一丈长了。想到这儿,微臣就不禁想笑了!"

汉武帝一听,也不禁大笑起来。

另有一次,汉武帝游览上林苑,看见有一棵树长得很奇特,便问东方朔:"你知道这是棵什么树吗?"

东方朔并不知道,便随口胡说了一句:"善哉。"

汉武帝听后也不应声,暗中派人在那棵树上做了记号。

很长时间过去了,汉武帝又来到上林苑游玩。这次,汉武帝又问东方朔,那棵树是什么树。东方朔早已忘了上次说的是"善哉"了,所以临时又编了一句"瞿所"。

汉武帝听了一脸不悦,说:"上次你说这树叫'善哉',这次说叫'瞿所',这怎么解释?"

东方朔听了一愣,但马上笑着辩解说:"大

的马叫马,小的马叫驹;大的鸡叫鸡,小的鸡叫雏;大的牛叫牛,小的牛叫犊;人初生时叫小儿,老了叫某老;以前此树叫善哉,现在此树叫翟所。万物都有生老病死,哪有十分固定的名称呢?"

汉武帝一听非常佩服,火气也全消了,不住地点头称赞:"说得好!说得好!"

东方朔的职责就是向皇帝进言,支持或反对皇帝的言行,并说出可以让皇帝心服口服的理由。在古代,这大概算是一份最苦、最危险的差事了,一不小心就可能惹得龙颜大怒,脑袋搬家。然而,东方朔却做得游刃有余,不露一点瑕疵。可见,这位宫廷谋士拥有绝对的高智商。

两千年前,东方朔的求学生涯同样感人。当年,这位谋士在呈给汉武帝的自荐书中说:"我东方朔少年就失去了父母,依靠兄嫂的抚养长大成人。我十三岁才读书,勤学刻苦,三个冬天读的文史书籍已够用了。十五岁学击剑,十六岁学《诗》《书》,读了二十二万字。十九岁学兵法和战阵的摆布……"

俗话说"台上一分钟,台下十年功",现在,大家除了肯定东方朔过人的才能之外,不得不佩服他所积累的渊博的知识和广泛的才学。从而,我们明白了:每一个人的智慧都是一点一滴积攒起来的,只有厚积,才能薄发。

警笛寻人

果断与武断虽然只是一字之差，但是它们造成的结果却大相径庭

凌晨两点，哥本哈根某消防支队的值班室里，突然响起了一阵急促的电话铃声。值班员拉斯马森立即拿起话筒："喂，这里是消防支队，请讲！"

话筒那头传来虚弱的喘息声，却没有人讲话。拉斯马森耐着性子呼叫了许久，终于，一丝微弱的声音传了过来："我不行了，快来救救我。"

"你是谁？在哪里？"

"我是一个孤老太婆，在我家中，我跌倒了。"

拉斯马森估计老太太摔得不轻，连忙说："请告诉我你的门牌号码，我们立即就过去！"

"我……我记不清……"老太太断断续续地回答道。

"是在市区吗?"拉斯马森追问道。

"是,是的。靠马路,灯太亮……我受不了……快来呀……"说到这里,对方突然停止了说话。

"喂!你还在吗?请讲话!"拉斯马森焦急地呼喊着。

可是,回答拉斯马森的,只有电话那头隐约可辨的喘息声,老太太大概昏过去了。可是,拉斯马森根本就不知道老太婆的住址呀。怎么办!他握着无人应答的话筒,紧皱着眉头,苦苦思索。

突然,他果断地作出决定:让消防车拉响警笛沿街奔驰。因为老太太的电话未挂,消防车一旦经过老太太所住的街道,警笛声就会通过老太太的电话传到值班室,一旦传入,即用报话机命令消防车上的队员就近查找亮着灯的人家。

就这样,这位昏迷的老太太终于被及时送往医院抢救,从死神手里逃了出来。

智慧小清泉

拉斯马森在老太太的情况万分危急,而又没有说出具体地址的情况下,没有惊慌失措,也没有犹豫再三,而是当机立断,派出消防车拉响警笛去营救老太太。就是拉斯马森的这种果断的做事方式,才及时从死神手里抢回来了一条生命。相反,如果他做事优柔寡断,就有可能葬送了这一条生命。

另一个故事中,有一个小男孩,在树下发现了一只受伤的小鸟。他决定把小鸟带回家喂养。可是,当他带着小鸟走到家门口的时候,突然想起妈妈不允许他在家里养小动物。于是,他就把小鸟放在家门口,自己进屋去请求妈妈。过了好长时间,妈妈在他的苦苦哀求下,终于破例答应了。他兴奋地跑到门口,不料,小鸟已经不见了,一只黑猫正在那里意犹未尽地舔着嘴巴呢。

让我们记住这个做事优柔寡断的教训吧。果断是人生的一张关键牌,如果你决定了要做一件事,那么就应该自信地打出这张牌。无论在考试的最后几分钟答题的时候,还是在重要的面试中面对老师突如其来提问的时候,不要犹豫,果断给出你认为最满意的答案。养成"果断"的习惯,它将会给你的人生带来巨大影响。

谁的袋子

如果把聪明机智比作是一只蝴蝶，
那么，积极思考就是这只蝴蝶的翅膀，
有了它，
蝴蝶才能自由飞翔。

小熊是森林学校里个头最大但是行动最慢的学生，看起来笨笨的，大家都喊他"笨笨熊"。

一天，笨笨熊独自在森林里走着，忽然他眼前一亮，哎呦，地上有一个袋子。笨笨熊捡起袋子，心想失主一定很急，于是便决定坐在路旁等失主。

不一会儿，小狐狸走了过来，他看见笨笨熊身旁的袋子，眼睛一下亮了，说："笨笨熊，这只袋子是你捡的吧？那是我刚才掉的，还给我吧！"

"等一下，这袋子是我的！"突然有人大喝一声，阻止了笨笨熊交出袋子，原来是大灰狼。

"笨笨熊,袋子是你刚刚捡到的吧?袋子是我的,快点还给我吧。"大灰狼锋利的爪子伸向笨笨熊。

"明明是我的!你怎么不讲理?"小狐狸尖叫着。

"你才不讲理呢,那是我的!"大灰狼嗷嗷叫。

笨笨熊看着他们吵得不可开交,心里可犯愁了,这可怎么办呢?真比做数学题还难。

"咦,有了!"笨笨熊眼睛一亮,用熊爪摸了摸胖胖的脑袋,冲小狐狸和大灰狼喊道,"你们别吵了。既然袋子是你们的,那你们说说里面装着什么?"

"一只烤鸡!"小狐狸流着口水说。

"一只烤乳猪!"大灰狼盯着袋子说。

笨笨熊一听，心里有数了。突然，他冲着前方大喊一声："虎大王，麻烦您来判断吧！"

小狐狸和大灰狼一听，箭一般地逃跑啦，连头都没敢回。

原来，笨笨熊事前看过袋子，里面装的全是红萝卜，那两个家伙根本不是袋子的主人，他们都在撒谎。当然啦，虎大王根本没有来，笨笨熊只是不想把袋子交给骗子。后来，笨笨熊将袋子交给了虎大王，虎大王直夸他是个聪明的小熊。

智慧小清泉

　　笨笨熊捡到一只袋子，小狐狸和大灰狼都来认领，这可怎么办？不过，笨笨熊急中生智，想出了解决的办法。嘻嘻，结果呢，不仅证实了小狐狸和大灰狼是冒牌失主，还吓跑了他们。瞧瞧，笨笨熊多聪明啊！

　　"咦，笨笨熊不是很笨吗？"读到这里，同学们一定会心生疑惑。

　　其实，"慢"不等于"笨"。你周围一些比较慢的朋友，跟行动很慢的笨笨熊一样，并不是很"笨"哟！

　　经科学家们研究发现，学东西、做事、说话比一般人速度慢的人，只是适应性低，并不是"笨"。而且，学习速度慢一点，会记得会更牢、更久；遇到外界的不良诱惑的时候，他们也不会像那些接受能力快的孩子一样容易改变，而是先旁观再审视再思考着去接受，比起普通人来说，这未必不是一个优点呢！所以，不要再嘲笑那些比你慢的同学啦！

寻找智慧

播种行为,收获习惯;
播种习惯,收获性格;
播种性格,收获成功。
只有懂得播种,才懂得智慧。

国王觉得自己很笨,他听说阿凡提很聪明,就派人把他找来,说:"阿凡提,人人都说你很有智慧,你把智慧之源送给我,好吗?"

"尊敬的国王,要想获得智慧,必须通过艰苦的劳动才行,劳动就是智慧之源啊。"阿凡提恭敬地说。

"啊?劳动是智慧之源?"国王摇晃着大脑袋,满腹疑虑。

"千真万确,尊敬的国王,只有劳动才是智慧唯一的源泉。"阿凡提十分有把握地说。

国王听完,笑了,说:"那,阿凡提,你能帮助我得到智慧之源吗?"

"没问题,请您拿上铁锹和锄头,跟我走吧。"阿凡提信誓旦旦地承诺。

国王开心极了,还多拿了几口麻袋,心想:我一定要把智慧之源装满麻袋,带回来好好享用,再也不会有人说我愚蠢了。

不一会儿,他们来到一块田地边,阿凡提开始刨土,说:"国王,请您也劳动吧。春天种种子,夏天施肥浇水,秋天就可以收获了。"

国王一听,疑惑起来:"阿凡提,我们的智慧之源也在秋天收获吗?"

"哈哈,尊敬的国王,秋天一到,您就能找到智慧之源了。"阿凡提说。

于是，国王跟着阿凡提，从春天忙到秋天，很是辛苦。终于，秋收的时候到了，看着丰收的粮食，国王感叹说："阿凡提，我平时吃粮食很浪费，认为粮食得来容易，其实，只有通过辛辛苦苦的劳动才能有收获啊。"

"恭喜国王，您现在已经得到智慧之源了。您的这句话就包含了巨大的智慧。"阿凡提开心地说。

智慧小清泉

人人都渴望拥有智慧，故事中，国王想找到智慧，为此，他求助于阿凡提。聪明的阿凡提领着国王，在田地里辛苦了大半年，终于让国王理解了老百姓的疾苦，懂得了仁君之道。对于一个国王来说，这就是莫大的智慧。

生活中，寻找智慧的人无处不在。事实上，每个人的字典里，智慧的定义是都不一样的：机智勇敢、文才武略、强闻博识、大智若愚等，都可以定义为智慧。然而，所有的智慧都源于劳动。努力学习，才能掌握课本上的知识，考试的时候才能够得到高分。就像阿凡提说的，智慧也是一种果实，只有春天劳作了，秋天才能收获。

一副对联治地主

心与心之间是没有距离的，
善待他人就是善待自己，
每走一步路，为自己也为别人，
种下一棵树，收获一片森林。

在一座小镇上，有个黑心地主开了一家酒店，这个人自私自利，贪财如命。酒店开张那天，为了讨个吉利，黑心地主忍痛花三个铜板，请一位秀才写了一副贺联：

（上联）养猪大如山老鼠只只死，

（下联）酿酒缸缸好造醋坛坛酸，

（横批）人多病少财富。

地主不识字，请秀才念一遍，秀才随口念道：

"养猪大如山，老鼠只只死；

酿酒缸缸好，造醋坛坛酸。

横批：人多，病少，财富。"

地主一听，心里特别美，当即命令店小二将对联贴在了大门口。

一连三天，酒店的生意非常好。第四天，一位外乡人路过此地来吃饭。黑心地主见他衣衫破旧，而且点的全都是最便宜的菜，便露出了鄙夷的神情。店小二也依主人眼色行事，只顾照顾其他客人，过了很久才给这位外乡人端上了饭菜。

外乡人见了十分气恼，然而强龙不压地头蛇，只得忍下一口气。当他吃完饭，走到门口时，瞬间心生一计。他看着对联大笑，故意大声朗读：

"养猪大如山老鼠，只只死；酿酒缸缸好造醋，坛坛酸；横批……人多病，少财富。"

外乡人话音未落,酒店里的客人哄堂大笑。路边的孩子也围在门口,跟着外乡人一起一遍遍唱和。顿时,黑心地主气得面无血色。

从那以后,酒店的笑话便一传十,十传百,生意越来越冷清。

聪明的外乡人,巧妙地断句,把一幅"发财联"变成了"灾害联",轻而易举地惩治了店主。说到底,要怪就怪那个势利眼店主,没有一点职业道德,欺人太甚。将心比心,谁愿意被人看扁,被人歧视呢?

生活就像一面回音壁,你给出什么,也将得到什么。所以,我们要生活在真诚里,不管同学的学习成绩是好是坏,家庭是富裕是贫困,都不要戴有色眼镜去看待他们。中国有句俗语,"授人玫瑰,手有余香"。只有善待他人,才能把自己融入群体,获得友谊、信任、谅解和支持。

我们要永远保持一颗善心,善待每一个人,永远不要以貌取人,不要以财取人。尽量让自己多做些"雪中送炭"的事。

庆祝放屁

困难就像一篇乐章，
强者听到的是一支凯歌，
弱者听到的则是一支哀曲。

小猪嘟嘟正在树林里走着，遇见了花豹子。花豹子喜怒无常，森林里的小动物都很害怕他。于是，嘟嘟一路小心翼翼地跟在花豹子身后。

忽然，嘟嘟放了个响屁。

"哼！你这只该死的猪！是不是对我很不满？为什么躲着我？还要放屁！"

花豹子咆哮着，一个纵身，扑过去按住了嘟嘟。嘟嘟听着花豹子粗重的呼吸声，知道他动怒了。怎么办呢？天哪，只要花豹子的爪子一使劲儿，那他肯定没命啦。

忽然，嘟嘟有了个绝妙的主意，他胆怯地说："豹子大叔，您

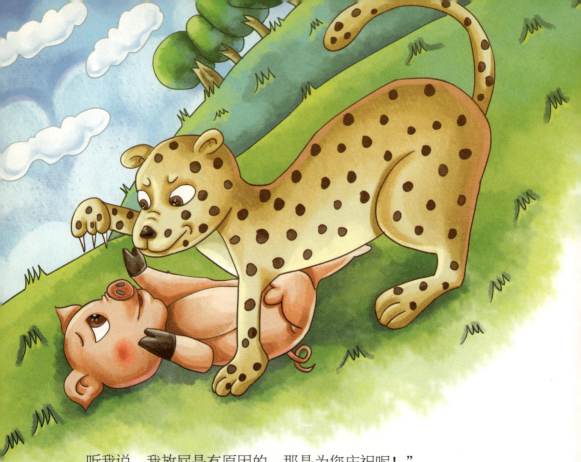

听我说,我放屁是有原因的,那是为您庆祝呢!"

"庆祝?我有什么好庆祝的?"花豹子迷惑了,放了嘟嘟,不解地看着他,"你说清楚一点儿,否则,我一口一口咬死你。"说着,他松开了爪子,将嘟嘟放开。

嘟嘟站稳了身子,不慌不乱地说:"豹子大叔,我找到一种仙草,吃了可以长生不老,所以正想请您去享用呢。"

花豹子一听,眼都直了,真没想到还有这样的好事,急忙追问:"快说,快说,仙草在哪里?"

"豹子大叔,这种仙草有洁癖,身上有一点儿臭味都不能吃它。虎大王和狼二王因为放过屁,吃了它也没法长寿。请问,您放过屁吗?"

花豹子一听傻眼啦,谁没放过屁呀?可是,转念一想,花豹子这才恍然大悟:啊,这只小猪真聪明,他是在提醒我谁都会放屁啊。于是,花豹子饶了嘟嘟一命,将他放走了。

智慧小清泉

"放屁"是一种正常的生理现象,可是,花豹子却要因此狠狠地惩罚嘟嘟——咬死他,真是冤啊!

嘟嘟真机智,临危不惊不乱,不求饶也不喊冤,而是避实就轻,委婉地转移话题,先从花豹子的爪牙下解脱出来,接着又机智地提醒花豹子:谁都会放屁。

是的,生活中,好多"强者"都常常犯错误,犯一些让人哭笑不得的"荒诞错误"。弱者呢,只能夹缝中求生存,见机行事了。指出荒诞,不仅需要胆量,而且需要智慧。只有这样,才能圆满地化解掉矛盾,将"对抗"转化为"对话"。

当你遇到校园小霸王的时候,当你遇到校外的坏人的时候,当你遇到有理说不清的情况的时候,不妨主动退一步,委婉地从另一个角度让自己化险为夷。

华佗的"灵丹妙药"

每个问题都有它的特殊点,
只有一一分析,有的放矢,
才能像射箭一样直击目标。

华佗是东汉的名医,传说他医术高超,能起死回生。一次,一位郡太守患了重病,整日焦躁不安,日不思饭,夜不成眠,家人便急忙请来了华佗。

华佗给太守把过脉,看过舌苔后,断定太守胸中积有淤血。但是,要清除淤血,不是一般吃药、针灸所能解决的。

一番沉思过后,华佗想出了一个妙方,不过他不动声色,绝口不提药方,只说自己想好好睡一觉。

于是,华佗在太守府上住了下来。每天,太守派人美酒佳肴,盛情款待华佗。华佗只管吃喝,而且吃罢就睡,享足了清福。多日过后,华佗依旧没

给太守开药方。每当太守夫人询问疗法时,华佗总是推说:"病情古怪,容我考虑考虑。"

就这样,又过了几天,仆人们竟发现华佗不辞而别了。

太守得知消息后,勃然大怒,连声骂道:"什么名医、神医,简直是骗酒骗肉的小人!"

他一边气势汹汹地怒骂,一边在屋里踱来踱去。

这时,管家送来华佗留在房里的一封信。信中华佗笑骂太守比白痴还蠢,是世上顶顶没用的笨人。

太守看着信,气得暴跳如雷,声嘶力竭地吼道:"快,快给我派人追,杀掉那骗子!"

太守喊罢,嘴里大口大口地喷出了污血。

过了一会儿,太守只觉目明神爽,腹中饥饿,竟津津有味地大吃了一顿。更神奇的是,那天晚上太守一闭眼,便睡到了天亮。

第二天，太守恍然大悟，亲自登门拜谢华佗。

华佗捋着胡子，笑问："太守的病可有好转？那封信是我专为大人开的一剂'药方'，还请大人多多包涵！"

太守连连感叹："华佗先生，真乃神医啊！"

一次，两个病人找华佗看病，他们的症状都是头疼发烧。结果，华佗给两人开了不同的药，一个是泻药，一个是发散的药。当时，有人不解地问原因。华佗说，他们一个是伤食，一个是外感，病症虽相同，病因却相异，所以药方自然不同。

故事中，华佗给太守开的也是一剂独一无二的药——生气。太守盛怒之下，一口吐出污血，没想到很快就痊愈了。可见，医生治病，只有抓住了病人的不同特点，才能药到病除。

学习和生活中，又何尝不是呢？每一片树叶都是不一样的，每一个问题都是不同的。只有一一分析，像华佗诊病一样，找出每一例问题的特殊点，才能有的放矢，像射箭一样直击目标。想想看，像这样有根有据地做事，怎能不成功呢？我们在学习中有没有这样细致地分析问题，有的放矢地解决问题呢？

倒霉的大水蛇

困境就像一张蜘蛛网，
陷入困境犹如落入网中，
只有机敏沉着，
才能帮你摆脱束缚。

太阳刚刚升起，池塘的荷叶上滚着露水。一只青蛙正在捉虫子，正巧，一条大水蛇游了过来。

"哈哈，小青蛙，你正好可以做我的一顿早餐。"大水蛇扭动着身子，粗声粗气地说。

"停！"小青蛙灵巧地跳到一边，冲着大水蛇喊，"大水蛇，您最聪明了，没有谁能比得过您。咱们打个赌怎么样？我输了，心甘情愿被您吃；您输了，就放我一条生路。"

大水蛇听了，说："好吧，我就让你死得心服口服。"

他们找来龟爷爷做裁判。龟爷爷递给他们两只小桶，说："你们给桶里装满水吧，谁先盛满算谁赢。"

大水蛇一听,可高兴啦。他觉得自己力气大,肯定可以先装满。可是,仔细一瞧,傻眼啦:水桶没有底。他忍不住嚷嚷开了:"老乌龟,木桶没有底,怎么能装水?你是不是老糊涂啦?"

大水蛇一边抱怨,一边灌水。可是,每次水桶都是空的,里面一滴水都没有。"老乌龟,谁能用没底的桶盛水呢?你这是故意为难我,是不是?"

大水蛇非常生气,埋怨不已,他决定放弃了。

小青蛙呢?他可没着急,歪着脑袋想主意"呱",小青蛙突然大叫了一声,接着他用力咬起了荷颈。

大水蛇茫然地看着他,龟爷爷微笑地看着他。

"咔嚓!"一片大大的荷叶落在水面,小青蛙把荷叶放在桶底,轻而易举地灌满了一桶水。

"大水蛇,认输吧。没有任何事情可以轻易成功的,满腹牢骚必然和成功无缘;要想成功,就得向小青蛙学习。没有成功的条件,就创造条件。"龟爷爷说。

"哼哼哼，我不吃小青蛙了，就吃你这个坏老头。"大水蛇恼羞成怒，狂吼。

"咔喳"一声，哎呀，大水蛇的牙齿断啦，为什么呢？因为龟爷爷缩起了脑袋，大水蛇的牙齿咬在了硬硬的龟壳上啦。

小青蛙正在捉虫子，大水蛇出现了，还要吃他。怎么办？聪明的小青蛙急中生智，使用的是缓兵之计：打赌，把希望寄托在龟爷爷身上，而龟爷爷也不负所托，出了一道颇有难度的考题：用没底的水桶装水。这道题可不是普通的难啊，瞧，大水蛇就被难倒了。可是，机智的小青蛙却办到了。

瞧瞧，一会儿工夫，小青蛙就破解了两道难题。原来，难题一个个都是纸老虎。只是，有很多人像大水蛇一样，被问题蒙蔽了双眼。一见问题有难度，便开始抱怨，觉得山穷水尽了。其实，"纸老虎"也就是利用外表吓唬吓唬笨蛋罢了。

想想看，我们学习中遇到的难题是不是也是这样呢？一个拦路虎杀出来，我们就心怯了，不敢尝试了。其实，只要我们勇敢一点儿，充分发挥聪明才智，相信我们都能像小青蛙一样，轻易解决一个又一个难题。

谁能把鸡蛋竖起来

有时，做人要低头；
有时，做人要抬头。
想要击败强者，
最好的办法就是使自己成为强者。

哥伦布发现了美洲新大陆，顿时成了上流社会的新宠。无数人推崇他，连西班牙女王也隆重地接待他。还有一些科学家、航海家、探险家等人为他举行了多次庆功宴会。

哥伦布的好运令许多人不服气，尤其是一些皇室的贵族。他们仇视哥伦布，一心想把他头上的光环毁掉。

一次，在一个宫廷宴会上，有人故意大声说："这有什么值得庆祝的呢？那块陆地本来就存在嘛，只要有船，一直向西航行，一直向西航行，谁都能做到。所以，到那个地方去，没什么稀罕的，有什么必要这样大惊小怪！"

顿时，整个宴会鸦雀无声。这时，哥伦布一言不发，没有辩

解，也没有恼怒，他随手拿起餐桌上的一个熟鸡蛋，说："请问各位，谁能把这个鸡蛋竖起来？"

挑衅哥伦布的那位绅士立刻站了出来，他试了又试，鸡蛋还是在桌子上翻滚。无奈，他只好沮丧地退了下来。而后，一群绅士们，你试了，我试，一个个想尽了办法，还是不能把鸡蛋立起来。最后，大家都说："这是不可能做到的事！"

这时，哥伦布笑了，他拿起鸡蛋，在桌子上轻轻敲破了鸡蛋底部的壳，然后，他轻松地将鸡蛋一竖，鸡蛋就立在了桌面上。

这下，又有人说："这谁不会？三岁的毛孩子都会！"

哥伦布笑了笑说："问题就在这里。好多事没人做之前，谁都不知怎么做，一旦有人做了，好多人又会乱嚷嚷，说谁都可以做。"

智慧小清泉

哥伦布成功了,却遭到了一帮"绅士"的冷嘲热讽。当然,那是一种嫉妒。可如果自己没有真才实学,只嫉妒有什么用?瞧瞧,哥伦布仅仅用一个鸡蛋,就证实了嫉妒的可怜和可笑。当你想要对一名强者表示不服的时候,必须先要追赶上强者的速度,甚至超越他,否则,你又如何?

要想成为一名强者,就要懂得虚心,懂得承认强者,向强者学习。《论语》中有句古话"见贤思齐焉",意思是说,见到德才兼备的人,一定要想办法赶上他;《荀子》中也有句古话"青出于蓝而胜于蓝",意思是说,只要努力学习,徒弟不一定会比师傅差,而且还会更加优秀。

因此,想要超越你"嫉妒"的强者,做一个强中手,最佳的方法就是增强自己的本领,必须先学会"拜师"。仅仅怀有一颗嫉妒之心,抓住强者的短处不放,只会让强者落得更远。

牡丹花瓣

悲观与乐观完全取决于每个人看待事物的眼光，
而不在于事物的本身。

从前，有一位老员外，他特别喜欢牡丹花，庭内庭外种满了各种牡丹。

春天，牡丹花盛开，老员外格外高兴。一天，他采了几朵牡丹花，作为礼物，送给一位关系要好的老翁。

老翁见到花，十分高兴，满心欢喜地将牡丹花插在了一个精致的花瓶里。

第二天，老翁的邻居来串门。他一眼就看到了鲜艳的牡丹花。老翁正等他赞叹一番，没想到他盯着花瓶看了半天后，惊讶地对老翁说："你的牡丹花，每一片花瓣都有缺口，这似乎不太好吧？"

老翁不解："牡丹是富贵之花，有什么不好呢？

邻居说:"是呀,可花瓣不会的牡丹有什么寓意呢?想想看,那岂不是富贵不全吗?"

老翁一听此话,也觉得十分不妥,于是就抱着花瓶去找老员外,准备将花退还给他。

老翁不高兴地对老员外说:"你怎么能把花瓣不全的花送给我呢?这不是咒我过不上好日子吗?"

然后,他又一五一十地说了"富贵不全"的事,最后越说越气愤。谁知,老员外听后,却忍不住大笑起来:"呵呵,老朋友,先消消气。你呀,为什么不想想,牡丹花的花瓣不全,那不正是富贵无边吗?"

老翁一听,颇有同感,顿时心情愉悦。

最后,老员外另送了一大捧牡丹花给老翁,老翁抱在怀里,喜笑颜开,开心地回家了。

智慧小清泉

牡丹缺失的花瓣，有人理解为"富贵无边"，有人理解为"富贵不全"。同样的一件事情，不同的人却有截然不同的理解。生活中，这样的事情不乏少数，乐观的人往往一句机智的话就能打开一个人的心结，改变一个人的心情。

一天，一位邻人问老太太："大娘，您为什么总是不开心啊？"

老太太说："唉！我有两个儿子，大儿子卖雨伞，小儿子卖凉席。晴天我担心大儿子的生意不好，雨天我又担心小儿子的生意不好，没有一天不在担心啊！"

邻人劝道："大娘，您该每天都高兴呀！想想，晴天你小儿子的生意好，雨天你大儿子的生意就会好啊！"

瞧瞧，悲观的人和乐观的人，他们的生活态度完全不同！确实，每个人手中都捏着一把钥匙，既可以打开"幸福"，也可以锁上"幸福"，关键就在于你怎么看待周围的一切。

面对考试中的失败，有的同学愁眉苦脸，觉得自己再也没有希望了；有的同学看到了差距，暗下决心好好努力，弥补不足，争取再次考试的时候取得好成绩。

瞧，这就是乐观者的魅力。只要你肯掀开帘子，打开窗子，阳光就会暖暖地照亮你的小屋！

图书在版编目（CIP）数据

智慧让我更出众/彭桂兰主编.—北京：化学工业出版社，2017.6
（成长我最棒）
ISBN 978-7-122-29625-2

Ⅰ.①智…　Ⅱ.①彭…　Ⅲ.①儿童故事-作品集-世界　Ⅳ.①I18

中国版本图书馆CIP数据核字（2017）第100791号

责任编辑：张　琼　　　　　　　　文字编辑：李　曦
责任校对：宋　玮　　　　　　　　装帧设计：尹琳琳

出版发行：化学工业出版社（北京市东城区青年湖南街13号　邮政编码100011）
印　　装：北京缤索印刷有限公司
710mm×1000mm　1/16　印张11　2017年7月北京第1版第1次印刷

购书咨询：010-64518888（传真：010-64519686）　售后服务：010-64518899
网　　址：http://www.cip.com.cn
凡购买本书，如有缺损质量问题，本社销售中心负责调换。

定　　价：29.80元　　　　　　　　　　　　　　　　版权所有　违者必究